사람은 가고 시는 온다

萬

人

譜

만인보

완 간 개 정 판

만인보

고 은

萬人譜

4 / 5 / 6

창비

끝내 서울올림픽이 평양을 부여안지 못하고 저 혼자 신나고 말았다. 올림픽이 치러지는 동안 나는 텔레비전이나 라디오 따위는 아예 줄을 끊어버렸다. 그동안 내가 할 일은 글 쓰는 일이었다.

그렇게 올해 여름부터 가을 기운이 찾아오는 동안 손에서 일을 놓지 않고 글을 썼다. 그러므로 나에게는 올림픽이 아무런 실감이 없다.

이런 작업을 통해 이루어진 것 중의 한 가지가 이 『만인보』이다. 여기 『만인보』 4, 5, 6권을 새로 세상에 내보내는 바이다. 다 해서 3백30편 내외일 것이다. 다소 감회가 있어 다음과 같은 말이 나온다.

역사는 그것을 충직하게 섬기는 자에 의해서가 아니라 그것을 전혀 새로 이룩하는 자의 싸움에 의해서 계승된다. 거기에서 역사는 문학이 되고 있다. 창조야말로 문학의 본질이기 때문이다. 그래서 나는 문학과 역사가 결코 하나일 수밖에 없다는 확신으로 내 문학 30년을 기억하고 있다.

이따금 나는 문학이란 무엇인가라는 근본문제에 부딪힌다. 예기치 않은 데서 이마빡을 다치는 듯이. 그런 경우 나의 인식과 고뇌의 어떤 만성(慢性)에도 불구하고 아직도 그것에 가슴 떨리는 사실에 새삼 놀라게 된다. 문학이란 이 땅에서, 또는 이 시대에 있어 무엇인가, 문학은 과연 무엇을 할 수 있는가 따위의 질문이 잇따라 나를 다그치는 것이다.

그러나 여기에 얽매인바 금방 나 자신을 안도시키는 해답을 얻어내는 노릇을 거부한다. 문학에 대한 회의는 이 거부로 하여금 도리어 다른 것으로 바뀌어 하나의 확신에 도달하는 것이다. 그렇다.

나는 문학이 역사에 대해 삶의 최고형식으로 작용한다는 확신을 가지게 된 오늘에 이르기까지 거기에 담긴 내 50년대 이래의 방황과 70년대 이래의 도전을 한 단계 높이는 데 채울 것이다. 나는 언제나 소년의 결의로 살지 않으면 안된다.

그러므로 나도 그 꼬래비로 참가해 마땅한 민족문학의 크기가 이 땅의 문학 정통성을 확보하고 있는 일이야말로 민족의 행복을 성취하는 역사의 크기에 다름 아닐 때 그 무엇이 나를 부당하게 만들 것인가.

벌써 때가 흘렀다. 지지난해, 그러니까 1986년 초겨울 『만인보』 1, 2, 3권을 냈다. 창작과비평사가 창작사라는 이름으로 간신히 살아났을 때였다. 그때 『만인보』의 동기와 시작에 대한 언급이 있었으므로 더는 되풀이하지 않는다.

다만 해마다 세 권 이상을 계속 써내겠다고 마음먹고 있었으나 서사시 『백두산』의 집필로 지난해를 때우고 해를 걸러 여기 4, 5, 6권을 세상에 묻는 것이다.

만약 이 시대의 당위가 나에게 글 쓰는 일에만 전념케 한다면 아마도 나는 『만인보』 제10권에 이르렀을지도 모른다. 그렇다면 전 30권 예정이므로 3분의 1이 되었으리라.

그러나 시대의 준절한 명(命)은 나 같은 수작의 사람에게도 내려지는 것이 있어 나를 서재의 집념에 머물러 있게 하는 여지를 허용하지 않았다.

지난해 6월투쟁의 대열에도 우선 발벗고 나서야 했다. 최루탄은 눈물

없어진 나를 눈물단지로 바꾸어주었다. 이상한 일이다. 그뒤로 나는 내 감정에 의해 눈물을 흘릴 수 있게 되었다.

여전히 각계의 사업에도 전국의 여러 대학이나 단체에도 허천나게 출몰하지 않으면 안되었다. 게다가 6월투쟁의 소산인 '민족문학작가회의'의 살림을 동무들과 더불어 꾸려나가는 노릇도 사실인즉 여간한 노릇이 아니다. 몸은 하나에 가야 할 몸은 몇이라도 모자란 셈이다. 이 시대를 살아보면 실로 살아 있는 자가 없는 자의 역할까지 다 떠맡은 것 같은 분마(奔馬)의 들판을 깨닫게 된다.

이 끝 간 데 모르는 도정(道程)을 다른 길로 접어들지 않고 똑바로 가기 위해서라도 내 문학은 생명적이지 않으면 안되겠다. 특히 교조주의와의 싸움은 모순과의 싸움과 일치된다. 바로 그 운동에 생명이 주어진다. 영웅으로서가 아니라 진리의 부상자로서.

나는 『만인보』를 통해 가능한 한 빨리 고향의 시대를 벗어나고 싶다. 고향이란 하나의 퇴폐이기도 하다. 그것을 역사의 현재성으로 이행시키지 않는다면 더욱 그렇다. 그러나 아직도 한 권 내지 두 권 분량의 고향사람이 남아 있다. 그것은 정체로부터 흐르는 물에 편입되기를 기다리는 고기들인지 모른다.

아무튼 아직도 고향에서 더 나아가지 않는 형편을 조금 떨쳐버리기 위해서 따로 고향 이외의 무대를 벌여놓고 있다. 매달 33편씩 발표하고 있다. 그것은 나 자신의 직접 체험이 아닌 것인데도 이 땅의 사람이면 누구나 갖추고 있는 그런 보편성의 유혹에 내 상상의 체험을 부가한 것이다. 체험과 상상의 사회야말로 창조의 사회이다.

문득, 여기 겨레란 말을 쓰자. 우리 겨레가 있는 한 내 『만인보』는 겨레 도처에서 겨레 하나하나의 존엄을 되새기거나 꿈꾸거나 하며 살아 있기를 바란다. 문학은 먼저 나 자신을 있게 한다. 문학이 없었다면 어쩔 뻔했는가!

이 점 나는 스무살 이래의 전율로밖에 대할 수 없는 항구적인 문학주의자이다.

이렇게 말하고 나니 나에게 없는 것이 있다. 겸허와 고도의 오만 둘이 다 없다. 타락의 징표인가.

1988년 가을
고은

만인보 5

만인보 6

일러두기 ───

완간 개정판 『만인보』 4·5·6권은 초판본(창작과비평사 1988)을 원본으로 삼고, 『고은
전집』(김영사 2002) 이후 저자의 개고분을 반영하였습니다.

만 인 보

4

萬 人 譜

정약전

험준한 시절 이 땅의 두 강이 한 강이 되는 강기슭에 태어나
형제가 혹은 장살당하고
혹은 유배당하였다
신유사옥으로
정약전 그도 아우 약용과 더불어 유배당하여
최원악지 흑산도로 귀양 갔다
그는 흑산이라는 이름이 무서워
뜻이 비슷한 글자로 갈아
자산(玆山)이라 하고 지냈다
그런 유배 16년 동안 파도에 에워싸여
날마다 미친 바다에는
배 한 척 뜨지 않는데
무엇을 쓰고 무엇을 노래하겠는가
그것도 헛것이매 그만두고
섬 안에 창대라는 글쟁이 하나 있어
그와 함께 지내며
흑산도 아니 자산도 바닷물고기에 정들었다
바다물새와 바다짐승 바다풀 바다벌레를 하나하나 익혀나갔다
이로써 흑산어보 아니 자산어보가 이루어졌다
거기에 한마디 덧붙이기를
후세 사람이 이를 고치고 바로잡으면
이 책은 치병에도 이용에도 이치에도
물음에 답하는 데도 쓰이리라
또한 시인들도 이로써 이제까지 미치지 못한 바

그것을 노래할 수 있으리라

노랑가오리
모양은 청가오리와 비슷하나
등이 노랗고 간에 기름이 많다

멸치
『사기』「화식전」에는 추천석이라 하고
『정의』에는 잡소어
『설문』에는 추백어
『운편』에는 소어라 하였다
지금의 멸치가 이것이다
이에 앞서
선물용으로는 천한 고기이다

바다벌레 바다좀
크기는 밥알만하고
새우처럼 곧잘 뛰지만 수염은 없다
항상 물 밑바닥에 있다가
죽은 물고기를 보면
그 뱃속에 들어가 취식한다

이렇듯이 노랑가오리 배도 갈라보고
아쉬운 대로 고서도 뒤져 밝혀내고

바다 밑 물속까지 살펴보며

16년 동안 절도 귀양살이 오늘이 오늘이 어제인데

눈감을 때가 와서

그저 눈 스르르 감으니

그의 죽음 슬퍼하는 자

오로지 파도소리

파도소리

파도소리

찬밥네

동고티 잿정지고개 찬밥네
세톨박이 밤 가운데톨같이 홀쪽한 찬밥네
어느새 시건방지게 새치 난 머리
나무비녀 꽂은 찬밥네
어찌 그리 맵짭짤한지
동냥아치 찬밥 한 덩이 준 적 없는데
그도 그럴 것이
저녁밥 짓느라 불 때고 나면
아침이고 낮이고 아궁이 썰렁 텅 비워둔다
소한 대한 산꼬대바람 사나흘 말고는
아침에도 간밤 싸둔 밥
그 밥으로 때우고 만다
그런데 셋째놈 맹춘이 생일이 섣달 초사흘이라
그날 아침만은 희한하게도 그 집 굴뚝에 연기 난다
정짓간에도 집 뒤란에도 나뭇단 꼭꼭 쟁여 있지만
그 나뭇단 속 족제비까지 살고 있지만
이듬해 봄 다 가도록
새 푸나무 나오도록
내내 찬밥만 먹어대니
찬밥네 찬밥네
시래기 한 다발 삶을 것도
이웃집 싱거운 지동이네한테 가서
그 집 시래기 삶을 때 공짜로 삶아다가
손 하나 분주히 놀려

눈 깜짝할 사이 시래기 무친 것 밥상에 올려놓는다
제 새끼 맹길이
맹구
맹춘이
맹섭이
쪼르르 된고뿔 들어도
콜록 콜록 콜록대어도
군불 한번 때본 적 없이
그놈의 새끼들 용케 자라난다
그래서 동네 아낙네들
맹길이 어머니 부를 때
아무개 어머니로 부르지 않고
그냥 찬밥네 찬밥네
동네 영감 마른혀 차며
쯔 찬밥에 찬방으로 어찌 사람이 배겨날까
옆의 영감 혀 차며
쯔 자네 며늘아기도 밥 풀 때
어디 꼭꼭 눌러 푸던가?

미제 조막손이

미제마을 골목길 조막손이
송장헤엄 하나 잘 치는 사람
금방 달여낸 잔칫집 소주 한 바가지 얻어마시고 나서
그 맨드라미 여름날
가슴속 타들어가다가
에라 풍덩 미제 방죽에 뛰어들어 헤엄치다가
그만 염통 딱 멎어버려
물 위에 쭉 뻗어 송장으로 떴다
그 옆에 죽은 붕어 한 놈도 떴다
사람들 송장 건져올리고
그 송장더러 하는 말
송장헤엄 잘도 치더니만

꺼이꺼이 슬퍼하는 건 조막손이 딸내미 봉순이

판도 마누라

늘 서방 판도한테 욕먹던 판도 마누라
눈이 커서 잘도 울던 판도 마누라
그렇게 살아가다가
하필 눈이 멀어
훤하디훤한 10월 보름 길 캄캄하구나
낮이나 밤이나 무엇이나 캄캄하구나
하도 답답하여
닥나무 막대 앞세워 나왔다가
아이구 저런 미나리꽝에 빠졌구나
실컷 운 사람이라
이런 일이야 울 일 아니었구나

정순이 에미

용둔마을 큰 마을도 아니건만
뜸이 여섯 개나 되는데
아래뜸 위뜸 할 것 없이
온 마을 하늘까지 울리고 내려오는 웃음소리 있다
바로 중뜸 정순이 에미
시집와서 5년도 안되는데
딸내미 하나 보아놓고
마을 어른 아이 할 것 없이
남정네 할 것 없이
심지어 시어머니 할 것 없이
다 허물없어져
까르르까르르 웃고
수다깨나 떨어도
누구 하나 싫어하는 이 없는 웃음소리
잿빛 가득 찬 마른 겨울의 나날도
보름치 그믐치 눈발 하나 보이지 않는 강추위의 나날도
그녀 새된 말소리 드높은 웃음소리
위뜸 재빼기에서 아래뜸으로 내려오며 들릴 때
키우던 개 나가버린 상렬이네 집
상렬이 마누라까지도 속상한 것
괜스러이 속 풀려
아 무엇이 그리 좋아
육장 소춘풍으로 웃어쌓는지 원

효자 태현이

우리 동네 찢어지게 가난한 집
그 가난에다 손까지 적막하여
4대독자 중길이 아들 하나 두어
중길이 아들 태현이는 5대독자 아닐쏜가

태현이 아버지 괴짐으로
콜록대며
두견새 피 쏟으며
기어나왔다가 기어들어가 누워 있는데
어디에 약값 나갈 만한 것 있겠는가
생각다 못해
열다섯살 태현이
서문 밖 약방 의원한테 가서
아버지 병 약처방 공으로 받아다가
군산 한약방 여기저기
신풍리 약방
개사리 지나 어은리 약방
선제리 약방
약방 스무 군데 스물서너 군데 다니며
소요산 자음육황탕 당귀육황탕 약재 한 가지씩
당귀 한 가지씩
무엇 한 가지씩 통사정으로 얻어다가
그것으로 약 몇제 지어
삼발이 대신 돌로 괸 탕관에 삼정성 다하니

3년 만에 병든 아버지 얼굴에 핏기운 돌아
그 병구완에
살구꽃 피는 추운 봄밤에도
5대독자 태현이네 집 기침소리 뚝 끊겨 들리지 않았다
허어 살구꽃 피어
내일 아침 눈부시거라

낙곤이

우리 동네 딱 한 집
외성바지 성씨네 집
성낙곤이
여섯살 때부터 열한살 때까지
머리 땋고 서당 다닌 낙곤이
공자는 못되어도 공자 발뒤꿈치는 되겠다고 칭찬받은 낙곤이
사서삼경 또르르 꿰는 낙곤이
그 낙곤이가 열한살 못 넘기고 죽었다
장난 한번 못하고
그놈의 공자 발뒤꿈치 노릇 하다가
쌀잠자리 한 마리 못 잡아보고
제 또래 주전부리 참외서리 한번 못하고

재동이 아저씨 막내아들

어린것이 어찌 그리 노래를 잘하는지요
즈 아버지 육자배기까지
즈 아버지보다 더 능청으로 뽑나니
고추잠자리떼 한층 드높이 드높이 떴나니

원당리 삼덕이 어머니

상엿집 돌아 원당리 넘어가면
원당리 잔솔밭머리
삼덕이네 집
가을일 아슬아슬 끝나고
제일 먼저 새 지붕 이어 노란 집 빛나는 집
삼덕이 어머니는 별명이 걸레질이라
먼 데 바깥사돈만 왔다 가도
그 손님 앉았던 자리 걸레질하고
그 손님 다음날도 걸레질하고
걸핏하면 여기 더럽다 저기 더럽다 하며
방구석이나 마당이나
어디 한 군데 할 것 없이 말짱하다
동네 거미들 그 집 가서
거미줄 칠 생각 말아야지
동네 먼지들 그 집 가서
눈치코치없이 내려앉을 생각 말아야지
그렇게 깨방정맞게 말짱한 집에
역신 병마 손님은 용케도 들어와
그만!
삼덕이 어머니 시름시름 앓아누워
자리보전으로 한 달 두 달 넘는다
자리보전하는 중에도
진걸레 마른걸레 손 닿는 데 두었다가
서문 밖 의원님 왔다 간 뒤에도

그놈의 걸레질인데
끝내 세상 떠나고 말았으니
큰아들 삼룡이 잔뜩 술 먹고 염할 때
걸레 몇개 관 속에 넣으며 울부짖었다
어머니! 저승 가서도 걸레질 실컷 하소!

수레기 신딸

무당 따님도 무당이라 애무당이라
일찌감치 사람 눈독에 올라
연분홍인지 다홍인지 울긋불긋 드러난다
아 그것이 열서너살 때부터
신딸이라 몸도 신들어 피어나는지
일본놈 순사한테 강간당하고 나서
한번 길 나더니
면 재무계장이
옷 한 벌 끊어주고 하룻밤 잤다
이러구러 소문깨나 나더니
자전거깨나 타고 다니는 것들이
점잖은 개 부뚜막에 먼저 오르는 격이라
이놈도 저놈도
늙은 무당 병들어 누운 방
그 윗방으로 스며들어
애기무당 떡치고 나가다가
저희들끼리 마주쳐 멱살잡이도 하는 판이라
그러다가 아이 배어
그것이 누구 씨인지 몰라
어디 가서 낳고 오는지 몰라
문득 재 넘어 스란치마 하나 휘날리니
떴다 봐라
신딸이라 애무당이라
동네 총각들 벼늘 밑 침 넘어가고 오줌 지리지만

정작 임자는 왜놈 아니면 조선놈 유지 어른들이라
늙은 무당 병든 무당
일구월심으로 섬겨온 최영 장군이여
무슨 장군이여
무슨 장군이여

일연

오랜 무신란 무도한 권세로 나라가 피폐하고
오랜 몽고 침노로 황폐하여
백성들 흘러다니고
무덤들 떠도는 세월이라
옛것 한 가지 남을 길 없는데
이때
여기저기 눈여겨보며
찾아다니며
옛 시절의 자취 모아
이윽고 아홉 권 유사를 지어냈으니
그대가 최씨 무신 권세 지나
원나라 복속 그 시절
충렬왕의 부름 받아 국사 된 것보다
얼마나 영화인가
국사임에도
국사 노릇으로 큰 도리 떨치기보다
늙은 어머니 봉양을 빌미로
개경 떠나 외시골로 숨어들어
늙은 어머니 시든 눈빛에 든 옛 시절도
옛 시절의 운행도 깨쳤으니
그 얼마나 영화인가
천년 뒤 그대가 모아 남긴 노래 태어나

간 봄 그리우매

모든 것 읊어 시름하여라
아름다우신 모습
주름 지니시려 하여라
눈 돌이킬 사이
만나고 지어라
임이시여 임 그리운 마음 가는 길
어느 다북쑥 마을에 잘 밤 있사오리

가사메 염전

만경강 앞바다
하루 내내 배 두어 개 뜨고 마는 앞바다
그 바다 가수알바람에 뒤집혀
허연 물결 거품 무는 물결인데
바닷가 염전 아스라한데
거기 서서
해 안 뜨는 날
제미럴 놈
제미럴 놈
제미럴 놈 하고 욕사발 퍼부어대는
가사메 염전 주인 전중배 영감
염전마다 가득 담은 물
언제 말라 굵은 소금 되랴 흰 소금 되랴
뚱그런 안경테마저 화나서 더 뚱그렇구나
아니지 사실인즉슨 염전보다 소금보다
큰아들놈 속 못 차려
군산 기생집 매심이한테 빠져
돈이란 돈 물 쓰듯 하니
제미럴 놈이 아니고
죽일 놈
찢어죽일 놈이라

새터 째보 모녀

새터 필순이 어머니는 낯짝이 째보라
게다가 고명딸년 필순이마저
얼금배기라
가난은 입성 한 가지에도 유난을 떨어
그 모녀가 입을 만한 입성 한 벌뿐이라
필순이 어머니가 장에 가는 날이면
어제 빨아놓은 허드레옷 마를 생각 없으니
어이할 수 없어라
필순이는 누더기 홑이불 뜯어둔 것 똘똘 말아
알몸뚱어리 가리고
방 안에만 있는데
오줌도 방 요강에 싸는데
누가 와도
인기척 내지 않고
문 잠가 걸고 돌쩌귀마저 두근반 세근반 두근댈 따름
누가 와
빈 마당 침 탁 뱉고
세발 장대 끌고 가도
방 안에서 나올 수가 있나
소리칠 수가 있나
혼자 중얼거리기를 도둑이 따로 없지 없어

염전꾼 박재걸

노총각 재걸이
끝내 염전으로 떠내려가
돌아올 줄 모르는데
가사메 염전으로 떠내려가
별신굿 한번 구경 못하고
그냥 소금하고 살아가는데
다음해 봄
늙은 어미 정화수 치성값이 올랐는지
비록 애꾸일망정
살결 하나 분통 같은 서른살 노처녀 나타났다
사주단자는 무슨 놈의 사주단자
재걸이 어미가 애꾸 데려다가
재걸이하고 하룻밤 재운 뒤
가사메 이십릿길 떠내려가
염전 판도방 한 칸에
이불 한 채로 신접살이 벌였는데
헌데 노총각 재걸이 노총각 면하자마자
어느날 밤
바닷물 둑 넘어오는 날 밤
둑 막다
그 바닷물에 떠내려가
애꿎어라
새각시 애꾸쟁이 생과부 되어
시어머니한테 돌아올밖에

아가 나하고 살자
시어머니하고
며느리하고 살자
쌀 대신 싸라기하고 살자

송만옥 영감

동고티 옥정골 가다가
시누대 시퍼렇게 우거진 경바치네 집
경바치 송만옥 영감
뽈턱에 수염이라고 예닐곱 가닥 매달려
바람에 나부낄 것도 없다
삼재 든 집 경 읽으러 가
하룻밤 꼬박 지새우며
오는 잠 걷어내며
눈앞의 큰상 제물 쳐다보며
날만 새어보아라
다 내 차지다라고
신명내어 소리 키워 경 읽어가다가
그 신명 곧 시들어
경 몇줄 빼먹고 나서
우물쭈물 이어가는데
어느 놈이 그 실수 알기나 하나
하룻밤 새우고 난 아침
안개 짙은 잿정지 마루 넘어
집으로 돌아오네
앵돌아져
걸핏하면 등 돌리는 마누라보다
막내딸이 먼저 알고
아버지 온다 떡 온다

박해동이 장모

잿정지 박해동이 장모
언제나 옥색 치마에
앞치마 날듯이 두르고
아주까리기름 짜르르 바른 머리하구서는
십년은 젊어 보이는데
그래서 딸하고 장화홍련으로 보이는데
그러나저러나 늦가을부터 초겨울 내내
밭이란 밭 돌아다니며
씀바귀 고들빼기 늙은 냉이 캐느라
누가 지나가도 돌아다볼 리 없다
때로는 혼자 구시렁대며
혼자가 둘이 되어
암 된내기 서리 맞아야 고들빼기 제맛 나지
씀바귀도 밭씀바귀가 달지
논두렁 씀바귀야 어디 씀바귀 항렬에 들겠나
참 이런 밭음식 담아두어야
함께 먹을 임이 있나 소가 있나
먹는 것도 임과 나와
함께 먹어야
먹는 맛 아니런가
암만 자네 염불 하나 잘하네그려
혼자 둘이 되어
깔깔
깔

박해동이

데릴사위 박해동이는
잿정지 아랫마을 물마을
드넓은 방죽 물가
스무 길 가죽나무 다섯 그루 서 있는 집
안채 사랑채 거느림채 그윽한 집
그 집 데릴사위 박해동이는
담배 한 대 입에 안 대고
술 한 모금 안 대는 사람
그러자니 동네방네 헛친구 하나 없어
모심은 뒤 논 가운데
순하디순한 황새 한 마리 꼴이로다
누가 지나가다가
정나미 말 한마디 붙이는 일 없고
그런 말 받을 까닭도 없고
그저 처갓집 논 6천여평 밭 천평
정성들여 농사짓고
집에 들어가
기름 아끼느라
일찍 불 끄고 자는 것밖에
그런데도 어찌 그 집 사립문에
삼줄 한번 걸리는 법 없다가
겨우 숯덩이 삼줄 걸려
딸내미 하나 보아
딸내미 돌날

지곡리 잿정지 옥정골 다니며
아침 자시러 오소
점심 먹으러 오소 해야
듣는 귀 따로
입 따로
아니 어느 집 무슨 날이여
박해동이가 누구여?
누구네 쇠불알이여?

주걱네 아들

옥정골 오두막 주걱네
용둔마을로 시집와서
시집이라고
버선 한 켤레 못 가지고 와서
머리에 풋고추 지르고
밭일이야 노는 듯이 달 가듯이 하더니만
먹개구리 같은 놈으로
떡두꺼비 같은 놈으로
아들 하나 잘도 두어 자라는데
그놈 울음소리가 꼭 송아지 울음소리 닮아
움메여 움메여
동네 말꾼들
아무래도 소하고 상관하여 낳은 종자
어쩌구 농쳤는데
그만 그놈이
그 잘난 놈이
울 밑 봉선화밭 독사 물려 죽었다
그놈 묻은 날
찬바람머리 주걱네는 밭에 나가
밭 매고 있었는데
모진 년이여 주걱네여
하고 욕하는 아낙들 있었는데
그날밤 손발 씻고 옷 갈아입고
집 떠나가도록 울며불며 날 새었는데

다음날 아침

그 일 잘하던 주걱네 목매달아 아주 뻗어버렸네 내려다 눕혀 덮었네

이게 무슨 사람의 짓이란 말인가

나뭇잎에 단풍 든들

이게 무슨 세상이란 말인가

아래뜸 김상선

아래뜸 김상문 상선 형제
쇠귀신에다 구두쇠 보탠 동네 자랑거리인데
누가 그 집 가서
쇠스랑 한번 빌려다 쓴 적 없고
누가 그 집 찐 배추꼬랑이 하나 얻어먹은 적 없는데
상문이네는 고구마 쪄도
문 닫고 식구들만 먹어대는데
그나마 형만한 아우 없는지
아우 상선이 한술 더 떠서
동네 제삿날 그 다음날 아침에는
오라고도 않는데
영락없이 밥 먹으러 가
밥 잘 얻어먹고
찐 생선에 해장술 석 잔 잘 얻어먹고 나온다
제 자식이 엿 사먹으려고
쟁기 보습 나부랭이
헌 손저울 나부랭이
그런 쇠붙이 훔쳐다가 엿 사먹은 일 들켜서
이 도둑놈!이라고 욕 얻어 처먹어도
제 자식 편들고 두둔하기를
쳇 엿 먹어 진작 뼈가 되고 살이 되었는데
이제 와서 무슨 궂은비에 대고 헛소리여
한데 상선이네 집으로 말하면
그 집 농사 흉년 든 적 없고

그 집 일 안되는 적 없다가
대동아전쟁 일어난 이듬해
상선이 마누라가 얼음판 물동이 이고 가다가
물동이째 몸뚱어리째 미끄러져 자빠지더니
그길로 황천길 갔다
동네 장정들 누구 하나 상여 떠메러 가지 않자
피눈물 뿌리며 돈 몇푼 주고 상여 놉 얻어다가
유소보장도 풀먹였는지
펄럭거리지 않고
그 상여 떠나갔다

조정규

생육신 조려의 16대손 조정규와
그의 아내 박필양 사이
여섯 아들
용하
용은
용주
용한
용진
용원

아 아들 여섯 형제 고스란히
한말 이후 왜의 침노에 맞서
혹은 태평양에서
혹은 중국땅에서
혹은 국내에서
나라 독립을 위해 활약하며
온갖 망명 투옥 투쟁을 되풀이하는데
이 여섯 아들에게 질세라
아버지 스스로도 우국지사라

이렇게 아들 여섯 형제를 나라에 바친 아버지 있어
이 땅이 가망의 땅이거늘
그 아들 가운데
둘째아들이 곧 소앙 조용은이라

절대평등의 삼균주의 부르짖은 조소앙이라

개인과 가정과 민족과 국가와 인류의
무지와 무력과 무산이 혁명된
화평하고 안전하고 자유스러운 삼균주의 사회를 실현하라
바로 그 조소앙이라

아들 생각

외갓집 이웃집 할머니
외할머니 단짝인 할머니
머리 곱다랗게 빗은 할머니
사마귀 큰 것 하나가
흠보다 자랑인 할머니
그 할머니 아들이 징용으로 끌려가
싱가포르인지
자바인지로 끌려가
그놈의 전쟁 끝나고도
돌아올 줄 모르는데
밥 한 숟가락 김치 얹어 먹다가도
아들 생각
숫처녀 시절 이야기하다가도
갓 쓰고 오던 총각 이야기하다가도
아들 생각
뒤보다가도 뒷간에서
아들 생각
아이구 내 새끼야
어디 가서
살았는지 죽었는지
아이구 내 새끼야
그 집 작은아들 새 며느리
뒷간에 들어가다가
칙간 귀신이 우는 소리로 알고

기절초풍하여
뒷간 앞 땅바닥에서 놀란 뒤
어찌 사람이 시원찮아 흰소리 헛소리 실성하였네그려
하고 외할머니가 와서 딱한 일 말하는데
어머니는 아무 대꾸 없이
어린것 바짓가랑이 타진 데
바늘 가는 데 실 갈 따름

옥정골 용술이

머리 하나 서낭당 돌로 만들었는지
천자문 떼고도
하늘천 따지밖에 몰라
다시 천자문 떼어도
하늘천 따지까지밖에 몰라
오늘밤도
할아버지 앞에서 허리 놀리며
하늘천 따지 해보아야
별진 잘숙에 가서
그만 깜깜밤중
하기야 바깥도 한밤중 깜깜밤중
별진 잘숙이었다

염전 우식이

염전 물자위
하루 내내 땡볕 맞으며
물자위 밟아 돌고 돌지만
언제나 제자리 물자위
꾸벅꾸벅 졸면서도
용케 제자리 물자위
어디 낮뿐인가
한밤중 물자위 밟아 돌고 돌지만
몇백리 걸었으나 제자리 물자위
쉴 참 담배 한 모금
깊게 깊게 빨아들여 아래 뱃구레 채워라

중뜸 쪼까니

쪼까니는
쪼까니 어미 빼다박아
날 어둑어둑하면
과년한 쪼까니더러
쪼까니 어미! 하고 불러대기 일쑤인데
여태까지 시집 못 가
쪼까니네 옆집 싸낙배기 대섭이 어미하고
쪼까니 어미하고 싸움 붙으면
아니 네년 딸
선웃음쳐싸서
우리 동네 연 이태 가물 들었다고 욕사발 퍼부어대는데
그래도 쪼까니는
물동이 물 한 방울 흘리지 않고 가며
동네 아이를 보아도 선웃음쳐 반기다가
동네 노인들 보아도
길 비끼며 선웃음쳐 반기다가
동지팥죽 먹고 나서
한 살 더 먹더니
그만 옥정골 고종구 영감 후살이로 넘어갔네
쓰다 달다 한마디 없이
옥정골 나락 다섯 가마니 넘어오고 쪼까니 넘어갔네
목에 흉터 하나 기어가는 쪼까니
그 쪼까니 없는 중뜸 우물
그 우물물에 쪼까니 그림자 아예 없네

함박눈 속절없이 떨어져 녹을 뿐
물 길러 와
무턱대고 두레박 내리는 것이 아니라
저 아래 고요한 물 한번 내려다보고
잘 있었니
하던 쪼까니의 선웃음 인사 떠나고 함박눈 녹을 뿐

외할머니 동무

군산 오룡골 재 하나 넘으면
항구의 뱃고동소리 넘어오지 않는다
외갓집 외할머니한테는
외할머니 그림자로 따라다니는
외할머니 동무 하나 있다
항구의 뱃고동소리 넘어오지 않는다
외할머니 동무 그 할머니는
종일 말 한마디 없이도
너른 파밭 감자밭 풀 매고
일 끝에야 허리 펴고 일어나
흠 일어서보아야 산 것 같네그려 하고
해 진 데 어름에 남은
불그데데한 서녘 하늘 한 군데 본다
항구의 뱃고동소리 넘어오지 않는다
쩡 얼어붙는 날도
얼음장 깨고 그 물에
빨래 두 광주리 너끈히 해내고
흠 일어서보아야 이 세상 산 것 같네그려

퉁소

아래뜸 퉁소
방안퉁소
마누라는 혓바닥에 바람나
식전 우물에 두레박 담가놓고
두레박 뜰 생각은 잊어버리고
그저 미주알고주알 입방아 찧어대는데
옳지? 부지런한 물방아 얼 새 없지!
정작 이 마누라 서방님은
방 안에서
퉁소나 불고 있어
본디 방안퉁소야
바깥 언동 못하고
집구석에 들어와 떠벌리는 위인인데
아래뜸 고만곤이는
퉁소에 미쳐
퉁소 일곱 개 번갈아 분다
한데 그 집 몸 푼 소
그 소리 들으며 무릎 꿇고 새김질한다
그 옆에 방금 태어난 송아지도 그 소리 듣고 고개 든다
보슬비 보슬보슬 내리는 날
외양간 냄새 퍼지는 날

조장로 마누라

갈메 건너 새말 조길연이는
제금날 때 받은 고래실논 개똥밭 다 날려버리고
남의 다랑이 부쳐먹는데
그것도 게으름뱅이 마누라한테 맡겨 부쳐먹는 시늉인데
조길연이야 오로지 찬송가만 부르는데
뒷간에 가서도 흥얼거리는 건 찬송가인데
그 조장로 마누라도 거기에 질세라
게으르기가 굼벵이 사촌이요
뒷간 구더기 윗질이라
메밀 멍석에 새끼 멍석 팥 멍석에
못된 늦가을비 쏟아져도
아랫목에 뼈다귀 뻗어 누운 채
문 한번 열고
아이고 무슨 놈의 비는 비여 하더니
아따 찬비 맞아야 사람이고 곡식이고 맛들지 하더니
도로 스르르 잠을 청한다
제가 무슨 강태공 핏줄이라고
도로 스르르 잠을 청한다
헌데 조장로 딸 순복이가
그래도 바지런떨어
남새밭에 나비처럼
장다리에 벌처럼
잘도 날아와 마당 것 얼른얼른 퍼담고
아시 젖은 멍석 또르르 말아 토방에 올린다

그러자마자 이 무슨 노릇인고
늦가을 시든 햇볕 나와 언제 비 왔냐 한다

재천이 아저씨네 김치

아래뜸 재천이 아저씨는
이마빡 바늘이 들어가도
피 한 방울 없다 한다
그 사람 지나간 데는
명아주 한 포기 나지 않는다 한다
한술 더 떠
재천이 아저씨 마누라는
이마빡에 피 한 방울은커녕
이슬 한 방울 없다 한다
그 집 김치 어찌나 짠지 쓴지
김치 몇포기만으로
긴 겨우내 반찬 삼아
이듬해 봄 풋머리 지나서까지 간다
폐일언하고 배추김치 한 포기로
열흘 먹고 보름도 먹는다
어디 그뿐이더냐
그 집 제삿날 재천이 아저씨 할아버지 혼령마저
제사 잡수러 와
제사상 겨우 서너 가지 차린 것 보고
겨우 명태 두들겨패다가 어포라고 차린 것 보고
훌렁 촛불에 바람 내고 떠나가버린다
에끼 천하에 둘도 없는 노랭이 연놈 같으니라고
네 새끼들 자못 외롭겠다

미제 진필식 영감

미제 묵은말 진필식 영감은
언제나 술 먹은 듯
얼굴 하나 붉어올라
동네사람들 그 영감만 보면
저 영감이 보약을 먹었나 사약을 먹었나
얼굴 하나 붉어올라
그러면 그렇지 본마누라만으로 살지 못하여
밭 하나 팔아
군산 장미정 선술집 드나들더니
거기서 젓가락 장단 잘 치는 일심이와
그렇고 그런 사이이더니
그만 거기는 한 달포로 작파하더니
이번에는 개복정 짜장면 울면집
장춘루 딸 꼬셔내어
그 입술 검은 년하고 놀아나다가
돈 떨어져 신발 떨어져
그년 데리고 미제로 돌아오니
본마누라 시앗이 웬말이여
되년 시앗이 웬말이여
땅을 치고 울다가 울다가
며칠 지나고 나서
윗방 쪽으로 대고
자네 이것 하나 먹어보지
하고 우린감 건져다 주었다

한마디 더
윗방은 방 불 안 드는데 어쩌나
되년이라고 어찌 심정 없겠나
그 말에 눈물 그렁
되년이라도 조선말 술술 나오지만
오늘따라 눈물만 그렁

남원옥 숙수

군산 세관 앞 남원옥에는
우리 동네 새터 대규 아저씨 동생 상규 아저씨가
우두머리 숙수로 가 있다
언제부터 음식 재주가 있었던지
언제부터 조왕대신 섬기는 운수 있었던지
버젓이 남원옥 숙수로 가 있다
남원옥이라면 입맛 찾는 집인데 모르는 사람 없는데
동네사람들 묵은장 갔다가 굴풋하면
거기 가서
상규 잘 있었는가 하고 수작한다
아이고 어서 오세유 하고
주인마나님 보나마나
큰 가마솥 뚜껑 홀라당 밀어붙여
우우우우 천장 녹이는 김 솟아난 뒤
그 맛있는 국물에다
뜨뜻한 밥 한 사발 후딱 말아준다
동네사람이라면
누구 하나 마다지 않고
이렇게 국 대접 밥 대접인데
술이야 그냥 낼 수 없으니
외상으로도 먹고
한푼 놓고 먹기도 한다
음력 섣달 그믐날
설 쇠러 돌아오면

동네사람들 다른 일 다 접어두고
새터 대규 아저씨네 집에 가서
상규 왔는가
상규 왔는가
궂은 인사 뻔질나다
그러던 상규가 그만 징용으로 끌려갔으니
구주탄광 거기 가서도
그 무엇이라나 취사장이라나
그 취사장 숙수로 살아 있을까 죽었을까

이인로

세상 볼장 다 보아버린 듯
영 어질어질할 때는
머리 깎고 중으로 숨었다가
다시 나오기도 하고
여러 해좌파 묵객과 사귀기도 하였으나
이인로
성깔 하나 급하여
환로에 나아갔다가 그만두어
어느 자리 궁둥이 풀 나본 적이 없다
그러고 나서
선경에 들기 위하여
웬놈의 지리산 청학동을 헤매다 그만두기도 하여
느는 것이야 술이었다
탄식이었다
그러나 글과 글씨 수승하니 어쩌랴
정중부가 선비 다 죽이고 권세 잡고
정중부를 죽인 경대승이
권세 잡고
경대승 뒤 이의민이 잡고
몇 곱절 포악하다가
이의민을 죽인 최충헌 형제가
권세 잡아서 학정을 자행하다가
최충헌이 아우 충수를 죽이고
소위 최씨 세습 권세의 세상이 되어

학정이 쌓이고 쌓이는데
이런 때의 묵객
세상을 등지는 바 있을 법하여
술이나 먹고
잠이나 잘 법하여
분연히 궐기하여 세상에 나갈 뜻 죽일 법하여

에라 『파한집』 전편
마음에 드는 시만 논함이여
그뒤로 『파한집』을 보완한다 하여
최자 『보한집』이 이어질 법하여

개야도 심청이

불이농촌 간척지 뜰 지나면
일본사람 뜰 지나면
거기가 발바닥에 쥐나는 바다인데
바다인데
하늘이 흐리면
바다도 잿간같이 흐리터분
하늘 맑으면
바다도 검푸르러 황소 눈동자인데
그 바다 위
누에 한 마리
두어 잠 잔 누에 한 마리 떠 있네
떠 있는 섬 개야도라네
산에 가 바라보면
손에 잡힐 듯도 하건만
정작 거기서 뭍에 나오려면
한 달에 한 번 아니면 두 번
돛단배 연락선 있을 따름이라네
그 개야도 영감땡감 하나
남의 배 평생 타고 다니다가
병나 누워버렸는데
병나도
보름 한 달 지나야
배에 실려 군산병원 갈 수밖에 없으니
죽건 말건 그냥 앓아야 하는데

그 영감 수양딸
칠산바다 좋은 세월에
주워온 수양딸
친딸 뺨치게 아금받아
개야도 심청이 소리 듣는데
그놈이 입 꼭 다물고
선주네 집으로 가
손가락 물어뜯어 피 내어
무슨 일이든지 해드릴 테니
제 아버님 배 태워
군산에 데려다 달라고 애원하다가
그 선주에게 몸 빼앗기고 말았네
그 몸값으로
아버지 모시고 울며불며 배 타고 가서
아버지 병 치료하고 돌아와
어느날 개야도 뒤 벼랑으로 올라가
신발 벗어놓고 몸 던져 죽고 말았네
갈매기야
갈매기야
네가 어찌 슬픔이란 것 알겠느냐

거지 내외

옥정골 용둔리 잿정지
지곡리 서문 밖
이렇게 다섯 마을하고
옥산면 당북리까지 여섯 마을하고
돌며
남은 밥 없던 시절
밥 남은 것 있으면 한술만 주시어라오 하고
얌전하기가
중뜸 선운리댁보다
더 얌전해서
주시어라오 소리는 아예 들리지도 않는다
그런데 험한 보릿고개
그 막막한 철에도
그나마 찬 보리밥덩이 하나 구경 못하자
오늘은 밥 대신 물이나 먹자 하고
쇠정지 두레 우물에 가서
물 한 두레박 길어서
그들 거지 내외 정답게도 마시고 간다
갈까마귀떼 자욱이 내려앉은 저녁
그들 내외 옥정골 뉘엿뉘엿 넘어가는 저녁
동네 밥하는 연기
한두 집밖에 없는 저녁

잿정지 과수댁

잿정지 과부네 집 하면
가근방에서 짜아하니 다 아는데
그 과부네 집에는
여든살 시어머니와
예순네살 늙은 며느리가
진작 남정네 묻고
울바자 밑에 옥잠화도 봉선화도 심어놓고
의좋은 언니 동생인 양 살아오다가
시어머니 나이가 나이인지라
숙환 들어
오줌똥 받아내고
된가래 끓기도 어렵게
목에 잠겨 있는데
갈자리방 묵은 찌린내 오죽한가
며느리가 더 늙었는지
허리 잔뜩 굽어
눈 오는 날도 양지바른 언덕 헤매어
냉이뿌리 캐어다
시어머니 섬기니
냉이뿌리 된장국 냄새 하나
온 마을에 향긋향긋하다

매자

잿정지 김범룡이 외동딸 매자
김범룡이는 동네 반장도 구장도 해온 유지인지라
그 집 출입하는 사람 적지 않은데
그때마다 정갈한 술상
외동딸 매자의 솜씨 여간내기 아니다
허허 구장 양반 따님 데려가는 집은
복뿐 아니라
입맛 하나도 쩍쩍 데려가는 셈이겠구료
그런 칭찬 들어도
하도 들어싸서 들으나마나
뭘 나이 이팔이면 환갑상도 차리는 법이여
아니나다를까
삼십리 밖 대야면 지경 자전거포에 연줄 닿아
그 집 둘째아들한테 시집가게 되었다
그런데 시집가기 며칠 전
한동네 총각 근모가 매자 불러내어
산꼭대기 올라가
너 시집갈 테면
나 죽여 여기 묻어놓고 가거라
하고 으름장 놓고 울음 놓고
진새벽까지 붙들고 늘어지니
이빨 쪼르르 하얀 매자
웃으면
풍년 든 볼우물 패는 매자

72

혀 깨물고 누워
치마 걷었다
달빛 아래
거기가 맡어
거기하고 살 거여
이슬 푸짐한 날 다음날 아침
아버지한테 장작개비 매맞고
머리끄덩이 뽑히고 나서
헐수할수없이 파혼했다
아버지는 집 나가 없고
어머니만 울고불고
시집가기로 한 날
그날 근모네 집으로 시집갔다
지게 하나밖에 없는 집으로
절구 하나밖에 없는 집으로

네 할아버지

새터 관전이 외할아버지
딸 하나밖에 못 두어서
딸네 집 뒷방에 사는 관전이 외할아버지
하얀 수염으로
얼굴 반절 덮은 할아버지
외손자한테 수염 뽑히며
수염 잡혀 끌려다니며
항상 웃음 가득한 할아버지
동네 꼬맹이들이
그 집 외손자 시늉 덩달아
하얀 수염 잡아당기면
관전이란 놈 우자깨나 부리며
인마 인마 우리 외할아버지여 우리 외할아버지여
그렇게 따돌리면
동네 꼬맹이 머쓱해지는데
그럴 때 그 할아버지
껄껄 웃으며
나는 우리 관전이 할아버지이기도 하고
네 할아버지이기도 하다
수동아
길섭아
또 너 이놈 용태야
내가 네 할아버지이기도 하다
자 상수리 주우러 가자

상수리하고 도토리 주우러 가자
다람쥐하고
누가 많이 줍나 시합하러 가자

기창이 둘째고모

시집갔다
소박맞고 돌아와
봉숭아꽃 봉숭아물 들인다
열 손톱 다 들인다
아무 말 없이
먼 하늘에도 부질없이 내외하며

외할아버지

외할아버지 최홍관은
갓 쓰면 키가 처마에 닿는다
처마 참새집 건드린다
늘 웃는다
외할머니가 누구에게 먹을 것 주면
외할아버지가 먼저 기뻐한다
외할머니한테 시큰둥 머퉁이 먹어도
듣는 둥 마는 둥 웃는다
한번은 어린 나더러 말했다
봐라 마당 잘 쓸어놓으면
마당이 웃는다
마당이 웃으면
울타리도 웃는다
울타리 나팔꽃도 웃는다

명주 두루마기

아래뜸 천석꾼 부자 고한규네 할아버지 집은
안채 사랑채 바깥채에다가
큰 잿간 작은 헛간 따로따로 솟을대문 밖에 있는데
그 잿간의 소매통에서
이따금 삼이웃 김도환 아저씨가
소매 보고 털털 털고 진저리치고 나오는데
무슨 내력이 그런지
천석꾼네 소매통에 오줌 누고 나오면
그 집 오줌 운세 받아와 천석꾼 된다고 믿어
지극에다 정성을 더하여
오줌보시 잘도 하여
그 지극정성이었던지
논 마지기깨나 사들이기 시작하여
허어 1만평에 천평 모자라는 9천평이라
이제 도환이 아저씨
꾀죄죄 해진 무명 두루마기 대신
매만지면 부서질 듯한
물명주 두루마기 떨쳐입고
검은 물미장 떡하니 짚어가며
군산 왕래가 잦아졌구나
이슬 핀 아침에는
행여 두루마기자락 버릴라 곱게 곱게 접어
허리에 개어 두르고
거들먹대며 재 넘어간다

그런데 이런 행차

가장 미워하는 건

그 집 마누라 아니고 누구던가

흥 제가 무슨 한량이라고

황소가 웃지

황소가 웃어

그저 기생년 사타구니에

뽀얀 가슴팍에

그 아까운 돈 다 쑤셔주고

찡겨주러 가는구만

그러나 그게 아니라

김도환 아저씨

그저 명주 두루마기 입고

지팡이 내두르며

백두개 개바위께까지

비가 오려고 잎새 하나 까딱 안할 때는

겨우 지곡리 정자나무 밑까지 갔다 오는 것이다

오다가다 선술집 술 한잔도 안 팔아주고

맨입에 남의 무나 하나 뽑아먹고 오는 것이다

과연 명주 두루마기에 물미장

김도환이한테 가서 면목 없이 폭삭하였구나

두번째 마누라

재만이네 두번째 마누라
성례고 뭐고 그만두고
어느 밤중 밤바람깨나 치는데
문풍지깨나 우는데
그 바람에 묻혀
위아래 농짝하고 뭣하고 함께
들어온 도둑 마누라
먼저 마누라 쓰던 방
벽지 하나 바르지 않은 채
빈대 죽인 댓잎사귀 그대로
첫날밤 지내는데
그 첫날밤부터 웬걸 재만이 손찌검에 질겁했다
계집이란 매맞아야 노골노골해지고
명태란 매맞아야 진짜 명태 된다 하며
네 이년 내가
너를 사또 마누라로 섬길 줄 알았더냐
첫번째 마누라가 못 견디고 죽은 뒤
이렇게 재취살이 쓰라리게 시작했는데
사흘에 한 번은 영락없이 매를 맞으며
일년 지난 어느날 밤
잠든 재만이 타고 앉아
재만이 목에 부엌 식칼 대고 말하기를
영감 보시오
이제 약조 못하면

영감 죽고 나 죽소
다시는 나한테 매질 않기로 약조하오
하니
잠 깬 재만이 눈에서 눈물이 넘치는데
산 자네한테도 사과하네만
죽은 전처 그 사람한테도 사과하네
방금 꿈속에서
그 사람한테 빌던 참이었네
며칠 뒤 뉘우친 영감 재만이
세벌 김맨 논 둘러보고 와서
어찌 뒷골치가 아프네 하더니
그길로 세상 떠났다
동네 남정네들 초상집 드나들며
작것 죽을 테면 딴 때 죽지
하필이면 이 더운 때 죽어 생고생시키네

옥정골댁

양반 초상집 곡성 인심이나 좋아야지
한데 그런 집 며느리라는 게
어찌 음색에는 물싼 것들이어서
시아버지 눈감았는데도
애고애고 곡성 하나 쓸 만한 게 없다
그런 집에서는 으레 바우배기로 사람 보낸다
바우배기 옥정골댁 판구 어머니가 불려간다
열무김치 심심찮게 뽑아다 다듬고 있다가
고리짝 열고
농약냄새 나는 광목옷 한 벌 꺼내 입고
세살 버릇 아장아장 걸음 그대로
고래실 논길 나락 자란 길 건너
초상집 함석대문 들어서자마자
아이고 아이고대고 아이고 하고
춘향전 십장가 뺨치고 볼기 치게 곡성을 뽑아내니
눈물 한 방울도 없이 뽑아내다가
눈물도 흘러내리며 뽑아내니
그때에야 초상집 큰 차일 벌렁 바람 타며
그 아래 문상객들 술상과 국수상 제법 흥겨워지누나
어느 때는 미제로 관여산으로
하루 두 군데 불려가니
과연 곡성 하나 잘 뽑아내어
이 세상 한차례 살 만하다
옥정골댁 부뚜막 대물림 초항아리도 없는데

그 곡성 잘 나오는 목소리
여느때는 눈에 귀에 띄지도 않는데

수동이네 제비

수동이네 집에는 수동이 부모하고 수동이뿐이다
수동이 부모 일 나가고
수동이 혼자 놀 때
집 볼 때 적적하기 그지없다
그저 무르춤히 혼자 각시풀 따위 뜯어다 노는데
해마다 춘삼월 제비 오면
그 제비 한식구 되어 빈집이 찬 집 된다
수동이 대가리에
제비똥 맞기도 하며 찬 집 된다
제비 한배 새끼 쳐
그것들 눈 깜짝할 사이 자라
딴살림 내보내면
다시 적적하다
마당 커진다
그러다가 늦가을 한 시간에 삼백리 산과 바다 위
바다 바다 위 날아
강남으로 남양군도로 떠나는 제비
떠나기 전
동네 빈 빨랫줄에 모여
줄줄이 앉아 제 가슴팍 부리로 쪼고 있을 때
그 제비를 바라보는 수동이 부쩍 외롭다
외로우면
어른 된다
내년에 오려고 가는 것이니

잘 가거라
제비 이름 하나하나 지어
찍순아
찍구야
짹순아
짹보야

줄포댁

부안 줄포가 친정인
샘 안집 윗집 땅딸보 아주머니
탱자울타리
탱자 하나 못 따게 잘도 지키던 아주머니 줄포댁
그런데 시집온 십년 만에
친정집이 해일로 다 떠내려가고
친정오라버니네 여섯 식구 다 떠내려가 죽은 뒤
줄포댁 아주머니
부엌 아궁이 앞에서
밥 지으며 울고
방죽가 물버들나무 밑 빨래하며 울고
친정 식구 죽은 뒤
눈물문이 닫힐 줄 몰라
걸핏하면 울기 시작하는데
엊그제 새터 남생이 할아버지 죽어
그 집 지붕에 헌옷 하나 얹은 것 보고
오라버니 생각나 울기 시작하는데
줄포댁 바깥양반
그런 마누라
울보 마누라 등 두드려 잘도 달래다가
할 수 없었던지
그만 우는 마누라 번쩍 들어다
뒷동산 상수리나무 밑에다 부려놓았다
여기서 실컷 울고 내려와

너무 슬퍼도
너무 울고불어도
욕된단 말이여
한참 있다가 내려와

관여산 묘지기

원당리로 가다가
갈마바람 불어오는 관여산 못미처
두 산등성이 공동묘지에는
웬일로 나무 한 그루 없다 민둥이다
세상 막되어먹었다

그 공동묘지 아래에는
묘지기 집 있고
묘지기가 있다
충청도에서 왔다던가
어디서 왔다던가
마누라는 숫제 벙어리이고
묘지기는 두 사람 꼰 듯이 뚱보인데
사람들이 말하기를
송장 파먹어서 저렇게 살이 쪘다 한다
원당리 관여산 미제 용둔마을 아이들은
그 묘지기라면 배고프다가도 배고픈 줄 모른다
필통소리 딸그락대며
마구 달려 내뺀다
등 뒤에 그 묘지기 바짝 따라오는 것 같다
그러다가 돌부리 받아 자빠진다
아악!
아픔보다 무서움!

노인단

식민지 경성 명월관 홍실에서는
조선 부잣집 아들 놀아나는데

나라 잃어
나라 찾으려는 일에
어찌 나라 밖 노인이라고 가만있겠는가
1919년 노령 블라지보스또끄
신한촌거리 덕창국에서
조선 노인 50여 사람 모여 쑤군쑤군
노인단 조직하니
고문 이순
단장 김치보
재무 천수점
그해 5월 당장 일본 천황에게
조선 침략을 규탄하는 글발 보내고
그해 8월 단원 강우규를 파견
남대문 역두에서 조선총독 사이또오에게 폭탄을 던졌다
애통한 바는 명중치 못하고
노인단원 강우규 잡히고 말았다
그해 9월 지나
노인단원들 모여 엉엉 울었다
그 늙은 울음에
젊은이들도 울었다

소경 분례

쟷정지 문종안이 딸
세살 때 소경 되어
스물일곱살 먹어도 누가 데려가야지
늘 툇마루 걸레질이나 하며
늙은 부모 굽은 허리로 일 나가면
집이나 보는데
볼 것도 없는 집이나 보는데
그런 때 짓궂은 아이들 풍뎅이 잡다
떡 하나 줄게 입 벌려봐
하고 풍뎅이 넣고 도망친다
또 그런 때 짓궂은 동네 어른 스며들어와
앞 못 보는 분례 슬슬 건드린다
어찌 이렇게 잘도 생겼어 하고
젖가슴에 손 넣어 지랄하고
치맛단 들춰보다가
그것만은 찔끔 막는다
하지만 소리 한번 안 지르고
그런 짓 저런 짓 견디며 고요하다
그런 어른
그런 짐승 정신 차리고 돌아가면
그때서야 혼자 눈물 흘린다
소경 눈에도 눈물 있어
눈물 한 방울 흘린다
거미 내려와 곧은 거미줄 끝에 매달려 꼼짝하지 않는다

월명암 화상

군산 월명산 월명암 스님 도문화상은
나이 일흔에
법랍 50년 넘었지만
신새벽 맵찬 바람에 감기몸살 든 적 없고
항상 얼굴 염치코치 없이 불그데데하다
그의 아내 월명암 보살도
예순 몇살인데 소리 한번 지르면
저 건너까지 쩌렁 울린다
이 도문화상의 일이란
새벽예불로
잠든 부처님 깨울 리 없고
느지감치 눈떠
눈곱 떼고
입던 옷 주섬 걸치고
여기저기 먼 길도 마다 않고 떠돌며
바랑에 양식 동냥하는 일이라
석양머리 바랑 반절만 차도
성큼성큼 걸음 놓아 돌아오는데
돌아오는 길목 세 군데 선술집 꼭 들러
서너 잔씩 걸치고
또 월명암 보살도 술꾼이라
술 한 병 채워
그것 들고 돌아오는데
동네 조무래기들

도문이 간다 도문이 온다
막걸리 먹고 도문이 온다
네 이놈들
기왕이면 월명암 화상이라 불러라
도문이가 뭐냐 껄껄
껄 도문이 온다
월명암 부처님 벌써 알고
어서 오게나
어서 오게나

김창규

아래뜸 김동규는 자랑할 것 없으니
마마자국께나 자랑하는 낯짝인데
영 남부끄러움 한 조각 그린 바 없는 낯짝인데
남의 물건 그냥 갖다가 쓰기가 일쑤인데
그 형에게 질세라
동생 창규는 한술 더 뜨는 인간인데
그 창규는
또 일본놈만 보면 사족 못써
비 온 뒤 발 빠지는 진흙길에서도
넙죽 큰절을 해댄다
신풍리 방앗간 갔다 돌아오는 길
일본놈 자전거 타고 가는데
거기다 대고 땅바닥에 엎드려 큰절 드렸다
그런데 그 큰절에 운 들어
그 창규는
대번에 군산부청 소사로 취직되어
부청 재무국 사무실 청소하고
출근부 챙기고
때로는 결재 맡으러
결재 서류 들고 다니기도 한다
그러다가 아버지 제삿날이나
욕쟁이 어머니 생일날
집에 오면
동네 어른들 보아도

턱만 보이며 거드름깨나 피워댄다
담배도
말아 피우는 담배 아니다

며느리 노릇

새터 상술이 마누라
시어머니와
이틀에 한 번 꼴로 싸운다
수탉과 수탉같이 싸운다
검정 고약 아랫목에 녹여
잘도 나는 종기에 붙인 시어머니
그 종기 잘 안 나으니
저년
바로 저년 못된 심보로
내 종기 낫지 않는다고
토방에 있는 삼발이 던져
마당 누더기 빨래 걷는 며느리 등짝 맞았다
저문 저녁밥 안치고
일부러 시어머니 배고프라고
팍 저문 저녁밥 안치고
불 때며
부지깽이만 되게 쑤셔 태워가며
이놈의 부지깽이
낮에는 부지깽이
밤에는 도깨비 되어
부디부디 시엄씬가 뭔가 다리 감아
친친 감아
내부쳐라 내팽겨쳐버려라
아니여

어서 저 인간 북망산천에 데려가거라
나도 시어머니 노릇 좀 해보자꾸나
열아홉살 먹은 자식 여워
문 탁 열고
시어머니 노릇 좀 해보자꾸나
이놈의 며느리 노릇 지긋지긋한 며느리 노릇

김유태

김병천 이사장 큰아들 유태 도련님
눈썹과 눈썹 사이 길목에
큰 점 하나 박혀
눈 끔적거릴 때마다
그 점도 함께 끔적거린다
말소리는 쌀쌀맞은 편
우박 쏟아지는 날
아 거기 있지 말고 우리집으로 들어와
하고 말해도 말소리는 쌀쌀맞은 편
그러나 누구하고 손톱만큼 다툰 적 없다
공깃돌 열 벌이나 만들어
이놈으로 공기 놀고
저놈으로 공기 놀고 하다가
동생 봉태한테도 주고
동네 아이한테도 준다
눈자위 한번 허여번득한데
그 눈으로 쳐다보면
탱자나무 가시 사이 탱자 걸려 있다
그 겨울 지나
아무도 못 보는 매화꽃 있다
무엇이든지
맨 먼저 본다
남쪽 하늘에 새인지 점인지 하나

양증조할아버지

양증조할아버지께서는
아들 없어
우리 할아버지를 양자로 들여놓고
한서울 논밭 수레기밭 남겨주고 세상 떠났다
할아버지 말로는
양자로 들여놓고도
아들이라고 불러보지 못하고
쑥스러워했단다
남부끄러워했단다
그 양증조할아버지 제사 지내는 날
지방 아래 메에 꽂은 숟가락
물밥에 걸어놓은 숟가락
그 숟가락이 움직이는 것 보았다
초가 없어
기름접시에 불 밝혀
그 불 가물대는데
양증조할아버지 잔기침소리 언뜻 들었다
새벽 사신하며 지방 불사를 때
그 깜깜어둠 절벽 속에서
인자하디인자한 양증조할아버지 보았다
옷자락에 흙 묻은 양증조할아버지 보았다
그뒤로 나는 어둠이 무섭지 않았다
그믐밤 갈메까지
심부름도 자청했다

바우배기 귀신 나오는 데
거기가 조금 다리 후들후들 떨렸다

신자 누나

신자 누나
떡 소쿠리에
떡 가지고 오면
그 신자 누나 따라가고 싶은데
그 신자 건너가는
새터 고래실 길
개구리소리 뚝 그치고
하늘에서 별똥 떨어진다
초록 저고리에
검정 인조치마
동네 총각들 건드려도
그냥 고개 숙여 지나가는 신자 누나
그 신자 누나 건너간 뒤
개구리소리 다시 일어난다

병술이 아버지

동네 영감들 성깔 하나씩 다 있어
큰 멍석 펴고 모아놓으면
모깃불 생불에 목 막히며 모아놓으면
별일 다 생기는데
잔칫집 야단도
젊은 축보다
영감 축에서 먼저 나는데
그런 때도 늘 숨은 듯 없는 듯
고즈넉이 앉아만 있는 병술이 아버지
수염도 아전 수염이라
에헴 한번 내보지 않은 병술이 아버지
추수 끝나도
제일 뒤늦게 지붕 용마루 얹지만
이엉줄 한번 단단히 매는 병술이 아버지
큰아들은 고사하고
작은아들한테도
왜 아버지는 길동이 아버지한테도 지고 지내요
길동이 아버지가 네 살이나 아래인데
그러나저러나
동부새 불러
그 바람에 코 대고 말 없다

홍련

장화홍련전의 장화야
어디 이야기 속의 낭자더뇨
이야기마다
이야기마다
우리 할머니 어머니 이야기마다 살아나서
우리 마음에 슬픔 심었던
그 장화
그 홍련 아니더뇨

배좌수의 두 딸
장화와 홍련
계모 허씨의 구박 자심하여
끝내 먼저 죽어간 언니 장화 뒤따라
홍련도
치마 쓰고 물에 빠져 죽었다
하늘의 옥황상제
그 사연 알고 분부하여
배좌수 삼취 부인 윤씨 배에 들었다
언니 장화
동생 홍련 쌍둥이로 환생하여
평양 부자 이연호의 쌍둥이 형제와 혼인하여
각각 두 아들 낳고
언니야 동생아
잘 먹고 잘도 살았다 한다

이 이야기가 어디 이야기더뇨
우리 동네 대밭 어디에
뒷동산 어디에 있던 일 아니더뇨
그렇게도 참답게시리
그렇게도 눈물겹게시리
그렇게도 먹밤 잠 안 오게시리

영래 마누라

영래도 담배 한대 나누어 피운 적 없는데
영래 마누라 진안댁도
첫서리 내린 뒤
맛든 무 뽑아
바작지게로 광주리로 들여가지만
지나가는 아낙한테
헛말이라도
한개 먹어보라는 말 안 나온다
시집온 이래
몇십년 앞치마는 밤에나 벗는데
관전이 어머니 가로되
저 앞치마 지나가면
눈에 덮인 시금치도 돌아앉는다
그러다가 병나 영영 앞치마 벗었는데
제 몸 병이 염라대왕이었던지
병난 뒤 인심 좋아
묵은 간장 퍼주기도 하고
기석이네 마누라한테
제사 때 묵 쑤어 올리라고
메밀 소두 한 말 내주기도 한다
그러자니 서방 영래도
마누라 인심 따라
상진이 만나
생전 처음으로 막걸리 한 주전자 냈다

그러자 영래 새끼들
큰놈도
가운뎃놈도
동네에서 기 펴고 논다
팔매 쏘아 멀리 바우배기께까지 가 떨어진다

독점 사돈

나운리 가는 길
미제 지나
살인강도재 넘어
독점재
으슥한 독점
거기에 이씨 형제가
우리하고 사돈이다
당고모 시집간 사돈이다
그 독점 이씨 날로 달로 일어나더니
검불처럼 일어나더니
매갈잇간까지 사들여
겨울 방앗간 아버지도 몰라본다더니
눈코 뜰 새 없이 바쁘게 돌아가다가
그만 가왓줄 피댓줄에 큰사돈 몸 딸려가
피투성이로 죽어버렸다
술 한잔 못 먹고
담배 한쌈지 못 먹은 사돈
말도 몇마디밖에 못한 사돈
소달구지 어렵사리 지나간 진 길 넘어
아침 햇살에
온통 눈뜬 미제 방죽 잔물결
그 잔물결 눈 시리게 바라보던
심심한 사돈
어찌 죽음은 그다지도 참변이던가

아지 못거라
심심하디심심한 사돈

칠룡이

재권이 영감네 꼴머슴 칠룡이
그 어린것이
큰 지게 헐렁하게 지고 나가
나락 열네 다발에
한 다발 더 용마름으로 얹어 지고 돌아올 때
땀벌창 훑어내며 돌아올 때
주인네 소 두 마리가 기다린다
여물 쑤어줄 칠룡이
부모도 모르고
고향도 모르는 칠룡이
여물 뜨물 같은 칠룡이
귀 밝아
다 듣고도 못 들은 척하는 칠룡이

정두 어머니

밭 가는 날
쟁기꾼 품 사 밭 가는 날
일찍이 면장 마누라로
여기저기 대접도 받았지만
동네에서 늘 수더분하고 잔정 있다
쟁기꾼 점심도
다른 사람한테 시키지 않고
곱게 곱게 빗은 머리에
왕골 똬리 받쳐 이고 나온다
쟁기꾼 밥 먹을 때도
이 갈치 맛 좀 보시어라우
이 겉절이 맛 좀 보시어라우
볕 가득한 좋은 날
하늘 아래 밭두렁
밭 간 데 새 흙 뒤집혀 나와
세상 바람 쏘이는데
묻혀 있던 굼벵이도 나와 엉금대는데
가는베 적삼 밑 고운 살결 고요하구나
고요 고요 숨 내쉬는구나

우렁

초겨울 빈 논
전재수 엊그저께 늦장가가
신랑 소리 듣는 전재수
장가갈 때 입은 바지저고리 그대로
우렁 캐러 나온 전재수
벌써 반나절에
우렁 구럭에 우렁 찼다
필수 당숙이 말하기를
산 재주 있어 나무 잘하는 사람 있고
논 재주 있어 우렁 잘 캐는 사람 있다
나무 잘하는 사람은
동고티 필엽이고
우렁이야 재수 따라갈 사람 없다
하며 돌아오는 우렁 소쿠리 막아서서
우렁 스무 개 얻어
저녁 된장국에 넣으니
밥맛 한번 혀를 감아넘긴다
어디 우렁 스무 개가 공것이던가
밥 먹고 쇠정지 나와
전재수 칭찬이 한참이었다
재수란 놈 살림 한번 잘하고 남을 것이여
어디 한군데 잘난 데 없어도
그 두꺼운 입술값 하고 남을 것이여

술꾼 도술이

도선이 형 도술이
술이라면 사족 못 쓰는 도술이
가물치 잡아
가물치회로 시작한 술
꼬박 사흘 먹고 나더니
그만 두 눈 멀어
소경 되었다가
겨우 한 눈은 다시 돌아와
제 마누라 얼굴 보고 엉엉 울었다
자네 얼굴 다시는 못 보는 줄 알았는데
그뒤 일년 동안 술 안 보다가
다시 술이라면 사족 못 쓰는 도술이
한 달에 스무 날
밤중 술 마시고 집으로 가며 부르는 노랫소리
바람 부는 밤
그 소리 들리다 말다
세상이란 백사지
인생은 나그네
인생은 나그네
태욱이 아저씨 뒷간에서 나오며
아나 너나 나그네 실컷 해라
어찌 인생이 나그네냐 지랄이냐

이런 소리 들으나마나

인생은 나그네
인생은 나그네

탄금대

대가야 가실왕의 청을 받아
12현금을 만들어
12곡을 지었다
과연 우륵

대가야는 싸우다 지고
금관가야는 그냥 졌다
제자 이문이와 함께
새 곡을 지어 탔다
과연 우륵

진흥왕이 대가야 사람들 몰아다
그들의 살 곳을 충주땅에 정하여주었다
제자 계고에게는 가야금을
법지에게는 노래를
만덕에게는 춤을 덩실 가르쳤다
과연 우륵

그 뒤 하림조 눈죽조 2조가 생겨
모두 1백85곡이 전하였다
충주땅 가을 탄금대
12현금 낭창낭창 울려나가면
창공 아래 사람의 수심 또한 펼쳐나갔다
과연 우륵

물 많은 충주땅 우륵
물 그림자 많은 우륵

창수네 집

한겨울 눈 펑펑 내릴 때
시래기 스무 다발 주렁주렁 매달려 눈 맞는데
그놈 한 군데 쑥 빼어다가
또 시래깃국 끓여
그것하고 밥 먹고 나서
퇴창 열고 세상을 내다본다
허어 아이 키 한 길 채우겠네
하고 창수 아범 눈 내리는 것 내다본다
이런 소리 괜히 나오는 소리인 줄이야
창수 어멈이 잘 알고 있다
시집와서 귀머거리 3년 벙어리 3년 눈감고 3년
이제 그 시집살이 터잡아
시래기 20년 지긋지긋하기도 하다
어느 때는 맨시래기 아니라
푹 삶아 말린 놈 매달았다가
그놈으로 시래깃국 끓이면
한결 입에 감칠맛이다
창수 어멈 남새밭 하나 변변한 것 없는 신세라
김장 때면 이 밭 저 밭 찾아다니며
널린 시래기 주워다가
그 시래기 주렁주렁 엮어 매달아놓는다
어느 해는 스무 다발이요 어느 해는 서른 다발이다
그놈 매달아놓으면
긴 겨울 앞두고 사뭇 마음 놓인다

그래도 걱정으로 반찬 삼는 것보다 낫지
암 낫고말고
손등에 무사마귀 징그러운 서방하고 정들어
창수 낳고
또 낳고 싶어도
아직껏 아무 기별 없다
흉년에는 도토리도 많이 달리는데
그래서 도토리 들판 내다보고 열린다는데
우리집 창수놈 영영 단손될까 걱정이건만
창수 아범이야 그 걱정도 없다
그저 시래깃국 훌훌 마시고 나면
천하태평이다
눈 펑펑 내리는 날

혹부리 황아장수

봄이 오면
봄이 와
추운 밭에 나물 나면
으레 오는 첫손님이 혹부리 황아장수라
단호박만한 혹 한 덩이
왼볼에 달고 오면
동네 조무래기들 우르르 몰려가
혹부리 짐 내려놓자
우르르 몰려가
온갖 잡살뱅이 눈부신데
계집애들은 고운 머리핀 하나
새끼 거울 하나 갖고 싶고
머스매들은 연자위 한 틀 눈독들인다
한참 있다가
황아장수 으름장 놓는다
너 이놈들 이제 그만 보거라
너무 보면 닳아버린다
하며 황아 상자 한번 탁 치면
조무래기 몇놈은 물러났다 다시 온다
아무리 혹부리 쇠가위질하며 사려 사려 해도
입에 풀칠하기도 어려운데
누가 선뜻 쌀 퍼주고 보리 퍼주고 물건 살까
황아장수 거친 수염발 번뜩이며 투덜댄다
재작년이나 작년이나

이놈의 동네는 내 물건 살 생각 안하니
참 동네치고는 더러운 동네로고
하고 동네 욕까지 하지만
동네 조무래기들 한 살 더 먹고
다시 봄이 오면
그 첫손님 영락없이 온다
올 때는 큰마음먹고
동네 아이들 주려고 사탕 한 봉지 가져와
너 이놈
너 이놈
너 이놈
너 이놈 하며 한 알씩 나누어준다
고뿔 들어 못 나온 아이 있으면
그놈 것도 아우에게 쥐여준다
그렇게 아이들하고 친해지면
별쭝맞은 놈은
혹부리 황아장수의 혹 만져보고 달아난다
너 이놈 불알 발라버릴 테다
너 이놈

동고티 오막살이

동고티 오막살이
납작집 오막살이
부엌 한칸
방 한칸
을봉이네 집
을봉이 아버지
을봉이 어머니
을봉이
을봉이 동생
또 을봉이 동생 다섯 식구
굶으면 말 없는 집
굶기를 밥 먹듯 하는 집
하도 그 버릇 되어
밥술이나 먹을 때도
영영영 말 없는 집
어쩐지 동고티 밤이 오면
밤이 깊다
중뜸 부잣집 고사떡 선 밤
밤이 깊다
아래뜸 부잣집 개 짖은 뒤
밤이 깊다
종기 난 을봉이
그 종기 곪으며
밤이 깊다

서러운 일이로고
말 한마디 없이
밤이 깊다

쌍무지개

옥정골 뒷방네 엉덩이 큰 뒷방네
앉으면 가마솥 엎어놓은 뒷방네
노구솥이야
떼굴떼굴 굴러 저리 가야지
그 뒷방네
억척으로
억척으로
날 저무는 줄 모르더니만
일하다가 때 되면
지레김치 한 가닥 똬리 얹어
고봉밥 게눈 감추고 일하더니만
시름시름 시답지도 않게 몸져눕더니
비 뿌린 뒤
쌍무지개 맞물려 뜬 것 보며
나 일 그만 하라고 데려가려나보다
그런 뒤 사흘 나흘 지난 아침
두 눈 반 뜨고 죽었다
재작년 여읜 딸 머리 풀고 달려와
눈 감겨주었다
까만 먹손톱 안 깎아도 손톱 자랄 틈 없이
일만 한 손이다
까만 먹손톱
그 손 잡고
어메 어메 하고 딸이 울었다

동네 아낙네 울었다
죽은 뒷방네 닳아빠진 호미 한 자루
토방 구석에 있다
동네 아낙네 가운데서
뒷방네하고 일 많이 한 연실이 어머니가
제일 큰 소리로 울었다

그려그려

경술년에 낳았다고 경술인가
경술이 양반 환갑 지나고
진갑 지나도록
남의 말 한번 거스른 적 없이
그려그려
며느리 어제 말 다르고
오늘 말 달라도 그려그려
그 며느리마저
아버님은 장근 그려그려만 하셔라오라고
문 발라
애벌 마른 문에
물 한 모금 후욱 뿌리고 나서
핀잔 주어도
제 서방하고
시아버지하고 싸잡아 핀잔 주어도
아무 내색이 무언가
그려그려
외양간 소 덕석 갈아주러
외양간 들어가다가
송낙뿔에 들이받혀도
그려그려
하고 쇠똥 밟고 나온다
동네 아이들
경술이 양반 손자더러

야 그려그려 손자놈아
이리 와 그려그려
떡 대신 똥 줄게 그려그려

쇠정지 재순이

쇠정지 마루
한규 할아버지네 밭하고
상묵이 아저씨네 밭하고
그 사이
긴 쪼가리땅 재순이네 집
방 두 개지만
하나는 방고래 꺼진 지 오래라
헛간으로 먼지구더기로 쓰는데
강추위 겨우내 나무하러 갈 데 없어
울타리 삭은 것 다 뜯어 때고
덜렁 토담집 집채만 남아
눈보라 치면
그 눈보라 다 받고 있는데
그 집 화롯불 식어
재순이가 묻어둔 고구마 익을 생각도 없다
그 재순이가
삼한사온 날씨에 좀 살 만하면
맨 먼저 뛰쳐나와
동네 또래를 불러낸다
그래서 창식이 할아버지 무덤으로
양지바른 언덕이라
그 무덤으로 몰려간다
햇볕이 그만이다
햇볕 쪼이며

재순이가 말한다
여기가 우리집보다 좋다
참 좋다

윤태

김우호 아들 윤태
얼굴 넓적해서
별명이 도다리인데
도다리야
도다리야
그렇게 부르며
어른 아이 다 좋아하는데
사다리 놓고 올라가
처마 구멍 쑤시면
으레 참새알 몇개 손에 쥔다
구멍 쑤시기뿐 아니라
구멍 파기도 맡아놓아
제 동생 데리고
뒷산에 가 땅 파더니
무슨 보자기에 싼 것 나왔다
이게 네 태 묻은 것이다
윤태 동생 집에 가
어머니한테 태 이야기 하니
집안에 생벼락 떨어져
종아리 회초리 서른 대도 더 맞았다
윤태란 놈 펄쩍펄쩍 뛰며 맞았다
며칠 뒤
아이들이 야 도다리야 부르자
이제껏 없었던 일

돌멩이로
아이 대가리 맞혀 피 흘렀다

백제 소녀

백제 고사부리현
비바람 쳐
다 죽은 듯하였는데
비바람 뒤
어느 밭에서 일어서는 소녀
부르르 떠는 소녀
그대로 하여금 무궁할지니
보아라 이웃 상칠현으로부터
그대 지아비감 쇠총각 산발하고 달려오는구나

윤사월

윤사월 부황에 안개 는개 싫어라
깔짝깔짝 풋보리 바심으로
벌써 아까운 보리밭 훤해졌다
오늘도 상덕이 아버지
풋보리 몇다발 베어
쌍작대기 꽂은 지게에 덜렁 지고 일어나
비알밭 언덕 엉겅퀴 수풀 지나간다
지나가며 괜히 작대기로 돌멩이 차낸다
풋보리 삶아보아야
새도 안 먹는다
그것 먹고 상덕이란 놈
상덕이 동생 상호란 놈 키 클 줄 모른다
아이들 속에 서면
어디에 끼여 있는지 모른다
가난이야 욕부자라
풋보리 부려놓자마자
아 이 오사육시를 할 놈의 새끼들
어디 까질러가
집구석에 돌아올 생각 않고
이 독사에나 친친 감겨 뒈질 놈의 새끼들

그렇구나 욕이라도 배불리 먹어라

칠봉이

점심 먹고 들 나가다가
늦은 점심 먹는 밭두렁 가다가
어이 한술 뜨고 가소 하면
두말할 것 없이 한 그릇 뚝딱 먹고
또 저만치 가다가
논두렁 밥 먹고 남은 데 가서
또 한 그릇 뚝딱 먹고
이렇게 먹어보아야
두엄 두어 번 져나르면
그놈의 두꺼비배 푹 꺼져버린다
논두렁에서나
밭두렁에서나
잠깐 누우면 눕자마자
캐액 캑 캐액 캑 코 고는 소리
잠 깨고 나면
아니 아랫목인 줄 알았는데
말짱 한데로구만
칠봉이 하는 짓이야
동네에서 모르는 사람 없거니와
다리 하나 절어서
칠봉이 두엄짐 기우뚱거리는 것
모르는 사람 없거니와
옥정골에도 그런 사람 하나 있어
저 꼴지게가 옥정골로 가는지

용둔으로 오는지
갈랫길 바우배기 지나보아야
칠봉인지 아닌지 알게 되거니와
한여름밤 별이란 별 다 헤아린다고
쇠정지 마루에서 모기깨나 뜯기며
발 굴러가며
삼백오십 몇개째 헤아리다가
나머지는
내일밤 모레밤 이어 헤아린다며 집으로 간다
싱겁기는 된통 싱거우나
이런 싱거운 사람 하나둘이 있어야
그 동네 오행이 갖추어져
하늘에 바람 놀듯
물에 고기 놀듯
여보게 칠봉이 내일밤에는 북두칠성 일곱 놈 가운데
소매 바가지 네 놈 따가지고 와
그놈 하나씩
아래뜸 위뜸 중뜸 새터 달아놓으면
한밤중에 밤똥 쌀 때
오줌 쌀 때 훤해서 좋을 거여

갈치장수 아주머니

함석다라이에 가을 갈치
물 좋은 갈치
쌍가마 머리에 고봉으로 담아 이고
이 마을 저 마을 정정하게 떠돌며
갈치 몇마리 들여놓으시오
들여놓으시오
하고 외친다
필시 먹은 것도 없을 텐데
어디서 그런 소리 상하지 않고 나오는지
벌써 다라이 한쪽에는
곡식으로 받은 생선값 채워지니
엎친 데 덮쳐
얼마나 무거운가
동네 개가 까불어대며 짖어도
땀범벅 얼굴 한번 찡그리지 않고
들여놓으시오
들여놓으시오
그런 장사 틈에도
30리 안팎 처녀 총각 짝지어
중신에미 노릇도 단단히 하니
그 입담 한번 푸짐하여
듣는 귀 금방 솔깃한다
아 글쎄
그 집 딸 젖통 한번 분통이고

새끼 한 죽은 실컷 먹이고 남을 젖통이고
아 글쎄
그 집 딸 방뎅이 한번 아무개네 선산 무덤이고
아 글쎄
그 집 암소도 새끼 세 배째인데
금송아지 두 마리 낳아
움메움메 하고

상렬이 각시

추석이 지나도
추석이다
일은 자꾸 밀리는데
좀처럼 일에 손이 가지 않는다
추석 사흘째
연순네 탱자나무 울타리 안에서
둥근 멍석 펴 윷판이 벌어졌다
재작년 작년 그 윷판이다
그 희미해진 데 다시 먹물 찍어
동네 아낙네 시악시들
동네 치마 동포들
모야
개야
하고 흥겨운데
상렬이 각시가 으뜸이다
용돌리 갈메 정모 아버지 윷놀이 솜씨 뺨친다
그 손에 무슨 귀신 붙었나
한 동 두 동이
그렇게도 썸벅썸벅 나간다
상렬이 각시
의뭉단지라 호박씨깨나 까는 상렬이 각시
그 다음으로는
신자가 잘 논다
윷 흔들어 던지면

모야
하고 새된 소리 질러대는데
아니나다를까 모였다
신자 손에도 귀신 붙었나
그러다가 며칠 지나
밭에 나가면
언제 그랬냐는 듯이
아 무슨 말 걸어보아도
상냥하기는 영 갑사댕기에 연분홍

그러다가 상렬이 각시
시어머니 세상 떠난 뒤로
말씨 달라지고
걸음걸이 달라졌다
고두밥 쪄도
맛본다고 한 주걱 떠 다 먹어버린다

지곡리 어르신

지곡리 오봉산 작은 오봉산 물 아래
여러 마을 남정네 입에서는
지곡리 죽암선생 죽암 권학자를
꼭 지곡리 어르신이라고 부른다
그 어르신이 똥 누시는지 졸음 겨우신지 모를 때도
남정네들은 꼭 지곡리 어르신이라고 높여 부른다
그 집에는 약과 다식 따위 과줄이 떨어진 적 없다
단것 떨어진 적 없다
바로 지곡리 어르신이 단것을 밥 삼아 잡수신다
왕대밭 대바람소리 멈춘 뒤
어르신네 의관 정제하고 동남방으로 대고
아침마다 절하시고
바람 잔 저녁에도 절하셨다
간재선생 소상 대상 뒤로도 하루같이
큰스승을 받들어 절하셨다
어느 해던가 어르신의 아들이
군산 구암병원에서 죽었다는 전갈 듣고도
눈물은커녕 한숨 하나 내지 않고
날 저물어 스승이 묻힌 쪽으로 절하셨다
그런 으리으리하신 어르신
그만 어쩌시다가 마을 앞길 행차하시다가
천하에 고약한 놈 개한테 물리셨다
개로서야 머리에 쓰신 정자관이 무서웠던 것이리라
그 개 바로 뒷산 소나무에 매달려 그슬려

지곡리 남정네들 개고기 삶아먹고
저녁도 다음날 아침까지도 속 든든하였다
지곡리 어르신 사랑채 마당에 무릎 꿇고 비는 사람
개 주인 임상순이 아니던가
어르신
어르신
하고 고개 떨어뜨려 울먹대는 상순이 아니던가

동네 남정네들 불현듯 걱정 둘 있다
그놈의 개 수상한 병은 없어야 할 텐데
그래야 물린 어르신 미치시지 않을 테고
우리들도 병 안 날 텐데

남복이 큰아기

미제마을 유일한 한산 이씨
이평구 딸 남복이
아들 아니자
어서 터 팔아 꼭 사내동생 보라고
딸 이름을 남복이라 지었으나
남자 이름하구서는
영 맞아떨어지지 않게
다 큰 큰아기 열일곱살인데
조금만 낯선 사람 오면
물동이 이고 가다가
물동이 놓고 얼른 집으로 달아난다
가슴이 두근반 세근반
울타리 너머 내다보다가
그 사람 간 뒤
슬슬 나와 물동이 도로 이고 집으로 간다
이런 남복이 보고
순례 할머니 혀 차며 가라사대
저러고서야 어찌 하늘이 땅 내려다보겠는가
땅이 하늘 쳐다보겠는가
어찌 첫날밤 신랑 배 위에 올려놓겠는가

고사떡

중뜸 샘 안집 재동이 아저씨네 집
철철이 고사 거르는 일 없다
재동이 아저씨 둘째딸 금순이가
그 단발머리 김 나게
고사 지내고 고사떡 돌린다
고사라 해야
금순이 어머니가 세수하고 옷 갈아입고 나서
큰방 윗방 부엌 곳간 구석에
시루떡 얌전히 잘라 괴어놓고
두 손바닥 바삐바삐 비는데
그저 말끝마다 향내 나고
발끝마다 재수 나서
우리집 영감 몸에 무탈하고
우리집 자식들 잔병치레 쉬쉬쉬 물러가게 하시고
우리집 지붕에 박 잘 열리게 하시고
우리집 밭에 어진 며느리 놀게 하시고

그 고사떡 한 접시 받고
쇠정지 용구 여편네
눈다래끼 나도 끄떡없는 여편네
우리는 이놈으로 고사 지내고 나서 먹자

140

서자 강변칠우

광해군 그 시절
강원도 소양강가에 정자 짓고
그 정자 이름은 윤리 따위 없노라고
무륜이라 지어
시와 술로 낭자히
세월을 희롱하는 일곱 사람
술 떨어지면 심지어 도둑질도 해가며
밥이 떨어지면 도둑질도 해가며
박순의 첩을 어머니로 삼은 박응서
목사 서익의 첩을 어머니로 삼은 서양갑
심현의 첩을 어머니로 삼은 심우영
병사 이제신의 첩을 어머니로 삼은 이경준
상산군 박충간의 첩을 어머니로 삼은 박치의
그리고 김평손 박치인 일곱 사람
처음에는 그들이 모여
서얼도 벼슬하게 해달라 상소도 하였으나
어디 될 말이기나 한가
그뒤 그들의 풍월은 도둑질로 지탱하다가
마침내 문경새재에까지 출몰하여
은 꾸러미 장사치 때려죽인 것이 드러나
일망타진되고 마는데
그때가 하수상한 때인지라
그냥 녹림처사의 짓으로 몰지 않고
권신 이이첨이

박응서를 을러대어
광해군 폐하고 임해군을 세우는 거사였다 조작하니
이로써 이이첨은 그의 정적 모조리
이 일곱 사람 풍월도둑과 함께 싹 쓸어없앴다
소양강 흐르는 물도
새재 바람도
그것들이 사람의 일로써 흐르다가 막히고 불다가 말았다

길남이

이른 봄 추운 들로 놀러 나가다가
아무데도 못 가고
눈에 막히고
추위에 막혀 집안 천덕꾸러기였다가
눈석잇물 졸졸 흐르는
이른 봄 들로 놀러 나가다가
아이고!
새끼 도랑 옆 옹달진 데
개구리알 한바탕 떠 있는 것 보았다
누가 먼저 대들기라도 하는지
얼른 그것을 손바닥에 건져올려
흘러내릴 듯 말 듯
후루룩 먹어버린다
길동이 동생 길남이
발뒤꿈치 묵은때 벗겨진 적 없는 길남이
못 먹고 못 입고 살아도
이런 것 저런 것 건져먹고
째진 눈에 개씨바리 말고는
꾀배앓이 말고는
고뿔 한번 안 들고 잘도 자라난다
요다음에 무엇 될래 물으면
그 아버지에 그 아들이지요 뭐
하고 불거진 입으로
어른 된 소리 한다

미제 선술집

미제 미룡국민학교 앞
삐쩍 마른 이발소 아저씨하고
이따금 토닥거리는
이발소 옆댕이 선술집 주인 운심이
눈썹은 그린 눈썹이요
분 아끼느라
어제 바른 얼굴
오늘까지 쓰는 얼굴이라
술 한 사발 달라 하면
그것하고
달랑 새우젓 한 가지라
이게 어찌 술안준가 하면
안주야 내 낯바닥이 안주지
어찌 새우젓을 안주로 삼으려 드노 한다
아니 임자가 안주라면
어찌 낯바닥뿐이여
아예 속중의 벌려
그것 더듬어 성나야 안주지
한 잔 더 부어 목 타
흥 대낮에도 눈도 코도 없는 것 달려
속깨나 상하겠네 그 양반하구서는
멀리 수레깃들 강쇠바람에 하늘 심란하고
가까이 진풍수네 집 빨래 자지러지게 펄럭이는데

관옥이

싸움쟁이 관옥이네 집이 하필 쇠정지라
새터 아이들 지나갈 때
중뜸 아래뜸 아이들
새터 갈 때
목 지키고 있다가
대꼬챙이로 아이들 옆구리 찔러
이 짜식이
이 짜식이 어쩌고 어째
하고 싸움 만들어
우당탕 한바탕 싸움 붙어
별 튀고 불 튄다
나이 다섯살에 이미
싸운 흉터가 낯짝에 두어 개 그어져 있어
앞으로 열 개는 더 생길 테다
자 덤벼봐라
덤빌 테면 덤벼봐라
이 아래뜸 쌀밥 먹은 새끼들아
이 보리개떡 먹은 놈 맛 좀 봐라
이마는 아예 없어
눈썹 위 바로 머리 칙칙한 관옥이
입에 게거품 물고
덤벼봐라
이 새터 고깃국 먹은 새끼들아

관옥이 아버지

관옥이야 싸움꾼으로 자자하지만
관옥이 아버지는
법 있고 없고 모르고 사는 사람이라
누구더러 어이 소리 한번 내지 못한 사람이라
담배도 다른 사람이 붙여 문 뒤에야
속절없이 물고
한또래 일꾼인데도
막걸리 한잔도 나중에야 마신다
그런 사람인데
똥통 지면 나는 듯이
청보리 밭두렁 번쩍 내달려
벌써 앞산 비알에 냉큼 올라선다
오줌장군도 오줌 한움큼 허비하지 않고
잘도 지고 내달려간다
눈 하나 헛보는 사팔뜨기라
나를 보는지
내 옆을 보는지

현조 현각

도가 무르익었다 한들
형제가 의좋기 어렵거늘
함께 도모하여
권세 잡은
최충헌
아우 충수 죽이고 말았거늘
옛적 신라 변방에
형제 승려 현조 현각은 의가 좋아
감나무하고 감나무같이 의가 좋아
함께 머리 깎고
청산에 들어가 구름집에 앉았다가
함께 바다 건너 당나라 들어가
당나라 공부하다가
또 함께 산 넘고 벌 건너
먼 서천축 부다가야 큰 정사에 들어가
그 형제 부처 되어
하나가 웃으면
어찌 하나가 웃지 않으리오

용섭이 어머니

친정은 윗논 아랫논 부자인데
서동 윗말
전나무 울타리 친 부자인데
우선 개 짖는 소리 한번 우렁찬데
그 집에서 시집와
시집온 십년 사이 팍 기울어
겨우 쪽박 면하고 있다
지렁이나 찌르릉찌르릉 우는 밤
헌옷 타진 데 꿰매야 하고
시아버지 시어머니 그리고 서방 옷 차례로 벗으면
그 옷 뒤집어 이 잡아주어야 하고
서캐 이빨로 잘근잘근 씹어주어야 한다
날 새면
식구 많아 소매통 오줌 넘치는데
그것 갖다가
오줌장군에 부어두어야 한다
말 한마디 퉁방울 없이
입 꼭 다물고
이 세상 아무 잔재미도 없이
해가 뜨면 떴지
해 지면 졌지 그게 무슨 대수던가
남들은 나이 쉰두서넛에도
친정 간다면 설렌다는데
친정길 발 끊은 지 몇몇 해던가

참 친정 큰오라버니 아들이 몇형제더라
딸이 하나더라 둘이더라

두 동네 아이들

옥정골 아이들과
지곡리 아이들 패싸움 났다
잿정지 고명길이네 선산 잔솔밭인데
나무 벤 자리 복령 숨어 휑하였다 바람 찼다
동네방네서 안 보이는 데 없었다
처음에는 돌 던져 맞히다가
쳐들어가 치고 받고 때리고 했다
개도 깽깽 짖어대었다
양편 다 콧등 터지고 다리 절뚝거리고
팔 삐고 낯짝 깨어졌다
어른들 일 나가고 없는 사이라
저 들에서야
아이들이 장난하는 줄 알지
노는 줄 알지
어디 싸움 난 줄 알겠나
싸울 만큼 싸우고 나서
옥정골 아이들 우두머리와
지곡리 대장이 그만두자고 결판내었다
우리 어른들 흉내내지 말자고 결판내었다
사실인즉
선은 이렇고 후는 이렇고
지난여름 물싸움 때
옥정골 사람 지곡리 사람 삽 가지고 낫 가지고
물꼬싸움 물싸움 한 적 있었다

이모

시집가기 전의 이모는
외할아버지 밥상 겸상으로 밥 먹었다
어머니는 큰딸인데도 방바닥에서 밥 먹었다
거의 연년생으로 두 딸 낳고
그뒤 아들 낳았는데
큰딸이 아수 잘못 보아
딸을 낳으니
그게 이모이고
작은딸 이모가 아수 잘 보아
아들을 낳았으니
그게 외삼촌이라
밥상머리 작은딸한테 대우가 융숭하였다
그런 이모도 시집가서는
밥상밥 먹은 적 없고
부뚜막밥으로 세월 보냈다
외할아버지는 어머니나 이모나
언문도 배우지 못하게 했다
시집가서 고생할 때
걸핏하면 친정에 편지질이나 하게 된다며
가갸거겨 라랴러려도 배우지 못하게 했다
그러나 시집와서
못 배웠던 언문 어깨 너머로 익히더니
아버지가 읽던 장화홍련전 읽고
이모부가 읽던 심청전 읽고

151

그런 세월 지나
몇십년 뒤
두 형제 각각 늙은 과부 되어
어느 쪽이 언니고
어느 쪽이 동생인지 모르게
앞모습 뒷모습 똑같은데
다만 콧등 세어 남의 말 잘 안 듣는
이모의 걸쩍지근한 소리에
처지는 어머니의 심심한 소리
수박단 두루마기 소리내며 걸어올 때
하필 비바람 칠 게 무어람
하고 이모 혼자 투덜대는
걸쩍지근한 소리

임호

원당리 임호 양반
호걸 양반
과연 우행호시라
소 같은 위엄으로 느릿느릿 걸어가고
호랑이같이 눈빛 형형하여
그 양반 나서면
오리 십리가 빛나는데
게다가 한번 입 떼는 날이면
가는 데마다 청산이요
청산 따라 백운인데
경성 가서 전문학교 다니다가
원당리 돌아오면
그 사각모 쓰고 돌아오면
동네 어른들
원당리에서 인물 났다고 자랑인데
그 호걸 양반
전문학교 졸업 이후
경성에서 큰일 한다고 소문도 떠들썩했지만
그냥 내려와 구들 차지하고 뒹굴 뿐
밥만 축내는 식충일 뿐
8·15 이후에도
그 하고많은 군소 단체에도 나가지 않고
밥만 축내고
물만 축내는 수충일 뿐

노는 괴로움만 실컷 맛보다가
늙어가는 부모 앞에서
어느날 먼저 세상 떠났다
그 호걸 양반이 읽고 읽던 책 스무 권
그 책들도 함께 묻었다

옥순이

옥정골 갓말 옥순이는
곰보 손님이 지나가도
아주 살짝 지나가
없는 듯 있는 듯 살짝곰보인데
면중왕 코가 좀 눌려
제 기운을 못 쓰는 살짝곰보인데
마음 하나는
바람 한점 없는 호수라
툼벙소리 하나 나도 큰일이라
바람 없으면
물속의 고기라도 뛰는 법
이따금 툼벙소리 나 가슴 울렁거리는데
이날 입때껏 어느 누구 하나 중신 들 생각 않다가
갈메 고판석이 아들이
머슴질 작파하고 돌아와
넌지시 갈치장수 넣어 혼사를 청한바
옥순이 펄쩍 뛰며 자지러지며
옴마 이 세상에 나 좋아하는 사람 있다니
이 세상에 나하고 살자는 사람 있다니
하고 자지러지며
살짝곰보 얼굴 가득히
웃음도 아니고
울음도 아닌 슬픔이여 기쁨이여

남생이 의붓아버지

남생이 어머니가
남생이 낳고 혼자되어
남생이야
거북아
자라야 자라야
남생이 어머니 광주리에 물건 받아다
팔러 다니다가
멀리 가사메까지 팔러 다니다가
며칠 만에 돌아오면
새터 박금봉이가 어서 가서
얼어터진 손등에
다이아찡 가루 뿌려주고
권련 몇개비도 주고
서로 눈맞아
얼른 방으로 들어가 붙어버린 이래
아들 남생이 의붓자식이 되고
박금봉이 의붓아비 되었다
그 남생이 의붓아버지
투전을 썩 잘 그리는데
일 없는 밤이면
콧노래 불러가며
맨투전장 물 뿌려둔 것 말랑말랑 마르면
거기다 거란 글씨 난초 잎새 삐치며
그어대며

투전 한 목 두 목 이루어지니
투전 한 목 값에 쌀 한 말이어서
그 투전 갖다주고
쌀 받아오는 일은 남생이 차지라
의붓아비와 의붓자식 사이에 아무 어둠 없음이라

남생이 어머니 신수가 훤하여
동네 아낙 부러워하기를
남생이 즈이 어머니는
낭자에도 꽃 피고
가르마에도 꽃 피었네그려

상철이

이마 왼쪽에
큰 부스럼 근 빠진 뒤
흉터 생겨 빛난다
상철이
유난스러이 도둑 잘 맞는 상철이
그런지라
누구 만나면 의심부터 조심부터
그런지라
누구 만나면
언제나
도둑맞았다는 소리부터

하도 그러자
상철이 증조부 여든여덟살 먹은 땡감 호령하기를
도둑맞지만 말고
네가 한번 도둑놈으로 나서보아라 나서보아

희자

기명 치우고 난 젖은 손 그대로
어둑발 오리나무숲으로 가 실컷 울고 나면

죽은 어머니 얼굴 나온다 하늘에 별씨 뿌려 별 나온다

당북리사람

고일곤이 마누라 당북리댁은
아낙들이 당북리사람 당북리사람이라 부른다
탱자꽃 피어도
아이고 꽃 피었네
가지에 찔리지 않고 잘도 피어났네
오복이 고모가 어쩌다 새옷 입으면
새옷이래야 4년 전 5년 전 옷이지만
앉은뱅이 궤짝농에서 꺼내 입으면
아이고 오복이 고모
우리 동네 새 인물 났네
양산 받으면
아이고 그 양산 밑에 들어가
한평생 살고 싶네
또 새터 상술이 막내놈 마마 앓다가 죽어나가자
아이고아이고 저를 어쩌나
세상 나왔다가
그냥 가다니 아이고아이고
온갖 일에 꼭 감응하는 풍월 성미라
자전거 타고 온 순사 보고
저 양반 오늘은 안색 안 좋네
순사 안색 펴야 피나마나 하지만
또 까마귀 내내 앉았다가 우르르 날면
아이고 까마귀라도 와야지
동네에 손님 없으면 어디 사람 사는 동네여?

160

청해진

남녘땅 전라도 완도로 갈거나
바람 부는 날
완도군 완도읍 장좌리로 갈거나
여기가 어드메뇨
활보 궁복이 태어난 곳
당나라 건너가 벼슬도 산 그 장보고 태어난 곳
어린 시절 꾀동무 정년과 하나 되어
바다 밑으로 헤엄쳐 50리도 가고
활 잘 쏘아
그 화살 갈매기 떨어뜨렸다
그들은 큰뜻을 품어
함께 바다 건너 당나라에 갔다
그러다가 나라 걱정에 사무쳐 돌아와
청해진 대사로 바다도적 무찔렀다
도적을 진압하고
무역을 벌여
일본땅 중국땅 해남땅 할 것 없이
대선단 편성하여
황해 남해를 주름잡으니
이를 두려워함이여
신라 자객 염장 스며들어 그의 칼 맞아 죽었다
그의 부하 수백명이야 살아도 산 것 같지 않다
멀리 벽골군 김제땅에 묶여가
눈도 귀도 없이 온벙어리로 농사짓다가 죽어갔다

161

남녘땅 완도로 갈거나
완도군 완도읍 장좌리로 갈거나
가서 다시 이룩할거나

가장 쓸쓸한 곳이
이로부터 가장 은성하리라
갈거나
갈거나

참만이

육촌 참만이
호적에는 석태인데
족보에는 병석이인데
육촌 참만이
바작지게에 쌍으로 작대기 드높은데
거기에 나뭇짐 장엄하여라
한나절 깎아 숨진 나뭇짐 눌러 지고
잿정지 길 넘어올 때
훌렁훌렁 그 나뭇짐 출렁이며
잘도 넘어올 때
키 하나 난쟁이 면했는데
어디에 그런 기운 들어 있는지
참만이 나뭇짐 장엄하여라
그 나뭇짐 나무에 섞인 백도라지꽃
그 꽃 따라오는
소갈머리 없는 나비 한 마리
너마저 어여쁘다가 어여쁘다가 장엄하여라

묵은 소나무

새터 장구배미 위 소나무
백년 묵은 소나무
서러운 날
그 밑에 가면
할아버지 말소리
증조할아버지 말소리
내가 모르는
자분자분 고조할아버지 말소리

백정 김태식

오리 넘어
십리 다 되면
용둔마을에서 신풍리 나온다
신풍국민학교는 오래된 학교라
키 큰 나무 어둑어둑 줄지어 서 있다
그런데도 신풍국민학교 전교생 모인 마당에서
일사병으로 쓰러지는 아이 두서넛 되었다
그 아이 가운데
나운리 푸줏간 백정 김태식의 아들
김우기란 놈 있다
그 또래들이
우기한테 백정놈아 백정놈의 자식아
어느 때는 개백정아 쇠백정아
골려먹을 때도 있다
백정 김태식은 팔뚝 하나가
웬만한 아이 몸뚱어리 하나만한데
정작 그 아들 우기란 놈은
외탁인지 모탁인지
파리파리한 심줄 나온 팔목에
나운병원 왕진 의사 주사 놓기에도 안쓰럽다
용둔마을 미제마을 원당리 독점 할 것 없이
일년에 한두 번 나운리 푸줏간 가야 한다
좀처럼 고기 먹을 생각 나올 수 없는 가난이거니와
제사 많아도 골라내어

아버지 제사나
할아버지 제사에나 고기 한 근 사러 가야 한다
그런데 백정 김태식에게
대대로 해온 반말로
고기 한 근 좋은 것으로 주소
하면 나쁜 고기로 준다
그러나 비위 약한 사람
고기 한 근 주시오
하여 존댓말 쓰면
좋은 데 안심쥐 한 덩이 베어 주고
국거리 얼마도 덤으로 보태어 준다
혜에 고마웁네유 인심 후하네유 하면
어서 가서 끓여 잡수시오
하고 칼 놓는다
두턱져
밥 안 먹어도 먹은 듯하고
아랫배 불러
밥 안 먹어도 먹은 듯하다
걱정 하나가
아들 우기란 놈 약질 때문인데
아무리 무릎도가니 고아 먹여도
늘 그 택이라

근봉이네 빚쟁이

근봉이란 사람 허허실실하여
자칫 빚 얻어다 쓰고
두 손바닥으로 수습을 못하는구나
빚쟁이 와서
아예 근봉이네 큰방 아랫목 차지하고
며칠이고 누워 있다가 앉았다가 하며
감나무에 감 달려 있는 것 보고
저 감 따오너라
씨암탉 한 마리 있는 것
저것 모가지 비틀어라
녹두 있으면
녹두죽 쑤어내라
저녁때 다 되어가면
술 받아오너라 하며
오만 잡것 다 찾는데
낮짝에는 일찌감치 저승 들어
저승꽃 자욱한데
며칠 지나도 빚 갚지 못하자
잘되었다 하고
군산 어디다 따로 살림 차린 계집까지
계집의 옷보따리까지 와서
근봉이네 큰방에 꾹 눌러살기 시작하였다
근봉이 노모 비쩍 말라버린 가슴팍 치며
겨우 생각하기를

집안에 사가 끼어서 이 꼴이라
엄나무 가시나무 낫으로 쳐다가
큰방 문 위에 걸었더니
한 사흘 지나자
빚쟁이 소실 투정하며
여기 더 못 있겠수
여기는 뒷간도 더러워 똥 싸기도 싫소
더 못 있겠수
하고 떼써버리니
빚쟁이 벌떡 일어나
이번은 이 정도로 하고
이달 그믐까지 갚지 않으면
그때 다시 와야겠어 하고
빚쟁이와 빚쟁이 계집이 떠났다
빚쟁이 계집의 옷보따리는
근봉이 마누라가 이고 바래다주러 따라갔다
숨어 있던 근봉이
새터 관전이네 머슴방에서 나와
두 팔 활갯짓하고
어이구 지긋지긋한 놈
고래심줄같이 질기고
지긋지긋한 놈
어디 두고 보아라
내가 네 돈 갚아주나

성모 염복

원당리 홍성모와
눈 맞춘 미제 진두식이 딸
숱 많은 삼단머리 댕기 드린
말만한 진두식이 딸
밤마다 원당리께로 달려가
거기 와 있는 성모와 눌어붙어 떨어질 줄 모른다
제사떡 가지고 와
그것 나누어먹을 생각도 꿩 구워먹고
그저 눌어붙어 휘감겨 떨어질 줄 모른다
하늘에야 별만 총총
보리밭 보리 자빠뜨려 떨어질 줄 모른다
그런데 보리밭 주인 김재준이가
여기저기 보리밭 망쳐놓은 데 보고
밤중에 나와 지키고 있다가
드디어 원당리 홍성모와 미제 진두식이 딸
세상에 아무것도 안 보이는 참인데
네 이 연놈아
네 이 연놈아
흉년 보리 버려놓은 죄에다가
동네방네 음란죄로다 죽을 죄로다
하고 몽둥이로 치려 하자
성모가 그 안중에도 정신 차리고 외치기를
아저씨 죽어도 좋소마는
하던 짓 다 끝내고나 죽이시오

자 이 말에 어찌 높이 든 몽둥이 내려치리요
에끼 이 연놈아
네 이 연놈한테는 몽둥이도 아깝다 아까워
보리밭 주인 돌아가 소문내니
그 소문 섶에 불이지
단번에 진두식이 귀에 엥겨
장작개비로 패대어
제 딸 좋은 허벅지 살점 떨어져나왔다
제 딸 뒷방에 가두어두었으나
두어 달 지나 구역질하는 것 보고
부랴부랴 원당리 그놈하고 짝지어
번개시집 보내고 말았다
딴 곳에 은밀히 중매 넣고 있던 중인데
군산 팔마재 잡화상집 아들한테
사위 삼으려고 눈독 단단히 들이고 있었는데
어찌 자식이 부모 마음대로 되나
그런데 여기까지는 그렇다 치고
사위 홍성모는 장가간 지 일년도 못 가
제 마누라 산월이 다가왔는데
벌써 다른 시악시 건드려
그 시악시 배에 아이 배고 말았다
이래저래 미역국 냄새깨나 나겠군
궁한 세월에

170

진수

새터 김상복이 아들
네살짜리 진수
김상복이 내외가
보약 먹고 낳은 아들 진수
어찌나 예쁜지
아이구 신통도 하지
신통방통도 하지
아이구 그것 깨물어먹어도 시원찮겠네
눌무기 이무기 집에서 용 났지
구렁이 집에서 용 났지
원 세상에
춘향이가 낳아도
이런 놈 낳지 못할 것이여
아낙들 이런 판인데
어느날 그 진수가 감쪽같이 사라졌다
진수 부모 소리치고 외치는데
한 달 두 달 다 가도록
삐쩍 말라 미치는데
어느날 밤 진수가
문밖에서 엄마 엄마 불러댔다
이게 누구여 하고 달려가
이게 꿈이여 생시여 하고 얼싸안고 보니
틀림없는 진수라
삐쩍 말라붙은 진수라

진수야!

그뒤로 여기저기 캐어보니
서문 밖 늙은이 내외
아들 하나 없이 살다가
이쁜 진수 훔쳐다
아들 삼아 살아보는데
아이가 밥 안 먹고
울기만 하니
부엌 아궁이 불 타들어가는 것 보고
엄마 엄마 부르며
울기만 하니
영 어이할 수 없어서
그만 바가지 거꾸로 씌워 도로 데려다놓은 것이다

그 서문 밖 늙은 내외
관가에 고발할까
머리끄덩이 뽑을까
어쩔까 하다가
부아 꾹 삭이고 말았다
우리 진수 찾았으면 되었지 되었구말구

저 높은 데 까치
헌 까치집 뜯어다가

새 집 짓느라
추운 날 부산떨고 있다
우리 진수 찾았으면 되었구말구

이모부 한용산

상고머리 이모부
어린아이한테도 무얼 물어볼 때
꼬치꼬치 캐묻는 이모부
보리까락같이 꺼끌꺼끌한 이모부 한용산
그런 사람이 6·25 직전에는
좌익 살리고
9·28 직전에는
우익 살리고
이장 노릇
인민위원장 노릇
다 하고도 살아남아서
시루떡 하면 시룻번부터 떼어먹는다

이 궁상! 해읍스름하게 흐린 날 심심찮다

수건이 여편네

세 동네 고개 넘어
수건이 여편네 모르는 사람 없다
뼈품 팔아
두 자식 공부시키는데
큰놈은 국민학교 5학년 작파하고
땅꾼 도선이나 따라다니며 놀고 있으니
다저녁때 잡은 뱀 두어 마리나
막대기로 감아 오는데
그 때문에 작은놈하고 함께 나서서
큰놈 못 들어오게
문도 안 달린 문 꽉 막고 서야 한다
이 혀 빼물고 콱 뒈질 놈이
너 혼자 와도 못 들어올 판인데
그 징그러운 것까지 가지고 와
이 벼락 맞아 뒈질 놈이

더우나 추우나 수건 쓴 수건이 여편네
염병 앓은 뒤 머리 다 빠져
수건 벗으면
밥맛 싹 없어진다
수수밭 수수 벨 무렵
단수수 몇그루는 남겨두고
다 벨 무렵
수건이 여편네 수수다발 이어 나르는 저녁

큰아들놈 벼락 맞아 죽지 않은 채
이 산 저 산 떠돌다 돌아오는 저녁
밤눈 어두워
행여나 원수 같은 큰아들 보일까봐

막금이

조선 숙종 7년 함경도 명천사 노비
산봉이의 여편네 막금이가
아들을 낳아
그 갓난아기 뒷산으로 데리고 가
숨 막아 죽여 묻으려다가
나무꾼들에게 들켰다
들켜 칼 쓰고 들어앉았다
들어앉아
망나니 칼 받는 날 기다리고 있었다

애비에미가 종이라
어디 입에 제대로 밥 들어가겠는가
제 아들 입에 거미줄 치기보다
차라리 죽여
이놈의 세상 살지 못하게 하는 것이
사랑이라

조정 감투 쓴 자들
그저 주먹구구로 개탄해 마지않기를
태조 성상께서 태어나옵신
성조의 본향에
어찌 이런 패속이 성행하여
에미가 자식을 죽이는 고장으로 떨어졌단 말가

묵은장 생선집

군산 묵은장 생선가게 아주머니
비린내 쩐 앞치마 주머니에
돈푼이나 두둑한 아주머니
푸르뎅뎅한 입에서
감기 앓는 어린아이 보아도
이놈아 개좆부리나 달고 다니는 놈아
진작 눈 딱 감아버려라
어린아이한테까지
욕 퍼부어대고
저주하고 그래도
그 욕 어디에 독 들어 있지 않던 아주머니
사람 서너 개 합쳐 만든 아주머니
어디 대고 앉으면
쿵! 소리 나는 아주머니
생선값 흥정 섣불리 하다가는
어찌 산 목숨 죽은 것이지만
그렇게 헐값으로 부르는 거여
자네 할아버지도
그만한 값 못 나간단 말이여
아 천리 밖 창해 파도 타고 잡혀온 목숨이여
또 살듯 말듯
물건만 뒤집었다 엎었다 하는 사람 보고
그렇게 살지 말어
그 뱃속에 든 아기

178

그 뿐 받아 물덤벙술덤벙 팔자 된단 말이여
또 잔 가오리딱지 한 마리 더 달라고 하면
허어 그렇게 다 쓸어가면
그게 좋은 것 같아도
아니여 자손만대에 해 되어
하고 퍼부어댄다
아버지 따라 묵은장 구경 갔는데
그 생선가게 무서워
아버지 뒤에 숨어 갔는데
웬일로 그 생선가게 생선판 헝겊 덮었다
홍어 한마리 없었다
그 욕쟁이 아주머니도 없었다

그 아주머니 얼음에 미끄러져 머리 다쳐 즉사하였다

그 추위에 방죽 얼음깨나 쩡! 쩡! 터져 갈라진 때였다

개바위 할아버지

백두개 개바위 산들바람에
금방 땀 들어가
먼 데 옥산면 미륵산과 장군산 사이
가는눈 감은 듯 뜬 듯 바라보는 할아버지
수레기길 이십릿길 남은 것도 잊어버리고
시집가서 잘 못사는 딸네 집께 바라보는
그 할아버지
그 할아버지 마음속 멀리멀리
거기까지 이 세상 가득하여라

어린 딸 널 잘 뛰어오르던 것 생각나
이 세상 가득하여라

오냐 언년아 내일모레는 꼭 너 보러 가마 네 고생 보러 가마

이선구

서수면 선구 아가씨
그 아가씨 걸어가면
온통 세상이 소리나는데
2월 추운 날도
그 황량한 밭두렁도 빛나는데
그만 일찌감치 사랑에 눈떠버려
바람둥이한테 첫사랑 바치고는
달밤에 몸도 바치고는
여자중학교 4학년 퇴학해버리고
교복 세일러복 벗고
수수한 깨끼저고리에 몽당치마 입어도
어찌 그리 거룩하고 아리따운지 착한지 슬픈지
나이 18세에 마음 하나 늙어서
성난 오라버니가 강제로 보낸 시집가서
한 달도 못 살고
청미래덩굴 깔린 친정 뒷산에 와
어릴 때 잘 놀러 갔던 소나무
그 소나무에 목매달고 늘어져버렸다
바람에 좀 흔들리며 매달렸다

어디에 한산이씨선구지묘 있겠느냐 그냥 흙 아니겠느냐

상놈 달봉이

지곡리 상놈 서달봉이는
동네 시악시 시집가는 날
으레 가마는 맡아놓고 떠멘다
그는 앞꾼이요
잿정지 상놈 장칠성이는 뒤꾼이라
부잣집 시악시 시집가면
그야 새옷 한 벌 얻어입고
우우우우 하고
선소리 한번 크게 가마 떠멘다
그렇게 떠메어
마을 넘어가면
앞에 가는 신랑 말 타고 끄덕거리면
이따금 가마 출렁대어
가마 안 신부 흠뻑 골려준다
그러면서도
아따 길이 왜 이리 험하단가
양반은 못 다닐 길이구만그려
하고
또 가마 한번 출렁댄다
뒤꾼 장칠성이도 질세라
뒤뚱뒤뚱 가마를 출렁댄다
속으로는
어디 너 이년 오늘밤
소리 안 지르고 배기나 보자

하기야 도둑놈이 먼저 다녀간 길이면
소리지르는 척만 하면 되지
하고 뒤뚱 가마를 출렁댄다
아무리 가마가 앞뒤에서 출렁거려도
가마 안 신부야
멀미 날 지경이지만
가마 안 신부야 입이 달렸나
꿈속같이 목구멍에서 소리가 나오겠나

먼 뒷날 그 신부 헌 각시 되어
아기 낳아 업고 친정 왔을 때
그 쌍놈으 자슥 서달봉인가 뭔가
아직 안 죽었어!

간장 거지

지곡리 딸례네 집은
궂은비 오면
집이 새어
방 안에 너벅지 들여다놓아야 하고
요강도 오줌 요강이 아니라
빗물 받아내는 요강으로 들여다놓아야 하고
서방이라고 해야
게을러빠져
한번 어디 까질러 나가면
집이야 굶는지 먹는지
시궁창에 쇠비름 나는지 모르고
마슬 나간다고 나가도
권학자네 머슴방에서 코 골고 있다
마누라라고 해야
장독대 벼락을 맞았는지 명아주 우거지고
항아리 하나 된 것 없이
겨우 금간 것 테 둘러 오두마니 서 있을 따름
단지 두어 개는
아예 부엌 살강 밑에 엎어두었다
언제 메주 떠본 적 있나
사흘마다
엿새마다 간장 된장 한 쪽박씩 얻으러
윗말 아랫말 물갓말
심지어는 한 마장이나 되는 잿정지까지

아따 마당 한번 깨끗이도 쓸어놓으셨구만이라우
사또 맨발로 놀겠구만이라오
어쩌구
한마디 던지고
제 집 부엌인 듯이
부엌 문턱 넘어
그 집 아궁이 불 쬐다가
나 간장 한 종지 얻으러 왔네 하고
마음씨 좋은 그 집 며느리 찍어
그 집 간장 얻어간다
그러고는 뉘 집 간장이 제일이더라
뉘 집 된장
뉘 집 띠엄장 맛대가리 없더라
이주걱부려쌓는다

집 짓는 날

전재수가
그 전재수가
술 담배 다 끊고
노름 끊고 돌아와
친정에 맡겨둔 마누라 데려다가
큰집 텃밭 가장자리 얻어
거기에 살 집 짓는 날
동네 늙은이 다 나오고
중늙은이도 나오고
어중이떠중이 어린것들도 나와
동네 장정들 대들보 올리는데
대들보 올려
닭 한 마리 모가지 쳐
붉은 피 뿌려
하얀 막걸리도 뿌려
벽사 축마 훨훨훨 하고 나니
전재수 마누라 흐느껴 울었다
전재수가
그 마누라 흐느끼는 등때기 다독거리며
그만두어
그만두어

186

평안도 나그네

우리 동네 대길이 머슴방에
딱 한번
하룻밤 비 주룩주룩 오는 밤
자고 떠난 나그네
또 오마 하고 떠난 나그네
그러나 1년 2년 3년 가도
올 줄 모르는 나그네
키 꼬장꼬장하여
오줌 눌 때도 허리 쭉 펴고 누는 나그네
도련님도 뫼행산 구경 한번 하시어야디오
어린아이더러도
정중하던 나그네
넓은 이마에 낙숫물 맞던 나그네

채순이

복순이 막냇동생 채순이
재남이 아저씨네
목단꽃 한 송이 꺾어왔다가
이년아
우리집에 꽃은 무슨 놈의 꽃이여
훔쳐오려면
쌀 한 되 훔쳐오지
하고 그 꽃 수챗구멍에 내버리는
채순이 어머니도 어머니려니와
마당에 두 발 뻗고
목단꽃 내버렸다고
징징 짜던 채순이
꽃이란 꽃 유난히도 좋아하던 채순이
6·25 뒤 비행장 근처 양공주 되어
꽃 수놓인 옷 실컷 입었다
아버지는 부역자로 죽고
그 어머니도 죽고
밥하면 그 밥에 돌이 많던 채순이

모란꽃 피어나 이울 무렵
후끈 바람 인다

만

인

보

5

萬

人

譜

소리 제사

옥정골 한량 고인곤이는
소리 좋아하고
놀기 좋아하고
어디 다녀오는 길
마을길
제 엉덩이 장단 치며
소리 부르며 돌아오는데
그만 그 고인곤이 죽어
할미산 너머 묻혀버리고 말았다네
그 서방에
그 마누라라고
그 마누라도
동네 잔칫날
소매끝동 날리며
얼씨구 춤사위 멋들어지는데
서방 제삿날에는
군산 장춘관 끝물 기생 하나 불러다가
서방님 무덤으로 올라가
그 기생의 껄껄한 소리
죽은 서방한테 들려드렸다네

만산은 우르르르
국화는 점점
낙화는 동동

장송은 낙락
늘어진 잡목
펑퍼진 떡갈
다래몽둥 칡넌출
머루 다래 으름넌출
능수버들 벗남기
오미자 치자 감 대추
갖은 과목 얼크러지고
뒤틀어져서 굽이 친친 감겼다

수궁가 중모리로 한바탕 밀어올리자
푸우 한숨 나오는 마누라
무덤에 대고 웬 눈물바람인가
영감
영감
이제 나도 소리속 알아본다우
영감 술맛 알아본다오

밤에는 제사상 가득 차려
어린 자식으로 하여금
서당 어른한테
지방 써다 붙이고
축문 써다 읽게 하여
제사 마치고 나서

지방 훨훨 사른 그 어둠에 대고
코 한번 풀고 돌아선다네
아이고 내 팔자여

구시렁재

옥정골 누엣말 지나
서문 밖 구시렁재에는
구시렁 영감의 있는 듯 없는 듯한 무덤 있다
폭싹 꺼져내려 있는 듯 없는 듯한 무덤 있다
10년 전인가
15년 전인가
큰 흉년 들어 목숨 부지하지 못하고
기어코 굶어죽은 구시렁 영감
맹물만 마시다가
그냥저냥 누워 있다가 죽은 영감

걸핏하면 동네 아무개한테
머퉁이 먹고
동네 아무개한테
조롱받기 일쑤인 구시렁 영감
그저 꿀 먹은 벙어리로
당하기만 하다가
정작 혼자 되면
그래도 풀 한 짐 해
지게에 지고 집으로 가며
혼자 되면
그때에야
저문 길 구시렁구시렁
저 혼자 투덜대기도 하고

맞대꾸 시늉도 하는데

아따 생사람 잡는 소리 말어
참 내
참 내
그러는 거기는 무엇이 그리 마땅찮어서 그려
원 참 내
집에 가서 방고래 지고
천장 보고 삿대질하지 왜 나한테 그려

이렇게 혼자 구시렁거리며
어느덧 제집마저 지나치는데
딴 집 담모퉁이에
풀짐 부딪치고서야
얼라 너무 와버렸네 하고
도로 돌아가던 구시렁 영감

아래위 입술 넓죽넓죽한 영감
이런 사람이
왜 그다지도 싱거웠던지
간장에 물 탄 것하고
물하고 사촌간인 영감
그 영감 흙으로 돌아간 뒤
굶어죽어

어찌 원한 없을쏜가
날 궂어
어둑어둑 빗낱 떨면
구시렁재 영락없네
구시렁 영감 구시렁거리는 소리

속 허한 사람
그 소리 듣고 재 넘어가서
보름도 앓고
한 달가웃도 앓는데

폭삭 꺼져내린 무덤
추석날 실컷 노는 날
옥정골 아이들 거기 가
마구 뛰노는 무덤
구시렁재 구시렁 영감의 무덤

용남이

갓난아깃적 어느 새벽
제 어미가 강보에 싸
김면장네 대문 앞에 놓고 갔는데
그 아기 울음소리 듣고 나간 면장 마누라
그 아기 건넛마을 문점득이네 집 앞에 놓아서
그 문가네 아기로 자라며
이름도 용둔마을 이름 따
용자와 사내 남자 용남이 되었다
문가네 뱁새눈과 달라
커다란 눈동자 끔쩍이며
물가에 나가
하짓날 쨍쨍한 햇볕에 빛나며
물 위로 팔딱팔딱 뛰어오르는 피라미 바라본다
어린것이 벌써부터 무엇을 오래오래 바라본다

백운산 고아

1951년 초겨울
광양 백운산의 전남도당 빨치산은
토벌군 수도사단의 작전으로
도인민위원장 김정수가 전사했다
김정수의 산중 처 이공주
강동정치학원 출신
전남도당학교 교장 이공주의 배 안에는
김정수의 아들이 들어 있었다
그녀가 생포되었다
광주형무소의 사형대에 오르기 전
그녀는 감방에서 아들을 낳았다
그리고 그녀는 처형되었다

갓난아기는 이미 아버지가 없었고 어머니도 없어졌다
때마침 아들 없는 간수가
그 아기를 제 아들로 입적시켜 길렀다

여자 빨치산 이공주
그녀는 배 안의 아기 때문에
총을 쏘지 않고 생포되었다

충남 공주 태생이라 공주동무
공주사범학교 나와
모스끄바 유학에서 돌아와 공주동무

그래서 본명은 혁명사업 위하여 없어졌다
공주동무
공주동무가
경찰 조서에 이공주 28세로 되었다
인공 때 여맹 전북도책
산으로 들어가 전남도당에 편성

김정수 이공주의 아기는
그뒤 전혀 다른 일생의 아이로 자라났다

만물상회 주인 내외

군산 묵은장 만물상회
아버지 따라
거기 한번 갔다 오면
몇날 며칠 신나지 기운나지
세상 만물 다 갖춘 만물상회
그 큰 가게 주인 내외는 천정배필이라
황소 같은 안주인
늘 눈언저리 푸르딩딩 화나 있는 듯
가게에 들어온 도둑놈
대번에 메어쳐 기절시켜 잡은 안주인
이따금 바깥주인이
좀더 달라고 하는 사람한테
더 주는 선심 쓰면
용케 나타나
저 양반 좀 보아
어느 사타구니에서 그런 배포 나오나
하면서도
삐쩍 마른 왕골 같은 바깥주인 밥주발에는
언제나 뚜껑이 덮여 나오지
서방님 밥그릇에 그냥 밥만 퍼담으면
그런 집에 무슨 채신머리 있느냐고
하다가도
가게에 나타나면
버럭 큰소리 질러

살 것 흥정하다가 깜짝 놀라는 사람한테
아따 그렇게 깎다보면
통나무가 젓가락 되어!
이웃 오룡상회 영감한테도
영감 오늘 손님 좀 이리 보내어!
마치 제 서방인 듯 허물없는데
그렇다 몇십년 이웃이니
어찌 그 영감도 반서방 아니겠는가

반찬 한 가지

간장이면 간장 한 가지
날된장이면
기껏해야 마늘 두어 뿌리 뽑아다 찍어먹거나
그냥 날된장 한 가지
겨울에는 그저 김치 한 가지로
뚝딱 밥 한 그릇 비워버리는
갑환이네 식구
그렇게 반찬 없는 맨밥 먹어도
원 아이들 고뿔 들지 않고
어른들 지끈지끈 머리 아픈 일 없다
그래서 아이들 병나면
이놈의 새끼야
너는 어찌 갑환이네 새끼들 흉내도 못 내느냐
어서 가
그 집 가서 사흘 밤만 자고 오거라
그렇게 자랑스럽던 갑환이
눈 흰자위에 삼눈 든 갑환이
지네 물려
얼굴에 호박 하나 달았다
서문 밖 의원 와서
침 놓고
약 붙여주었는데도
점심이라고 낸 밥상에
보리에 쌀 한줌 얹은 쌀밥이기는 하나

반찬은 달랑 소태김치뿐
워낙 이렇게 먹는 가풍을 아시는지
밥상 받은 의원이 먼저
이렇게 먹어야
잔병치레할 사이 없지
병도 사람 보아서 찾아오는 법이여
하고 억지 치하하며
갓 벗은 망건머리
끄덕끄덕

미륵이

방죽가 오막살이
미륵이네 집
미륵이
하루 나무 두 짐 해다가
군산 팔마재 나무장에 내다팔아
십릿길 내다팔아
대낀 보리쌀 팔아오고
아버지 잎담배도 사오고
서당 다니는 아이들 보아도
미제국민학교 다니는 아이 보아도
그런 제 또래와 상관없이
어디서 들은 풍월인지
어른들이나 부르는 콧노래 불러대며
할미산하고 상종할 따름
앞산하고
재실 뒷산하고 상종할 따름
생긴 것이
꼭 도야지인데
제 어미 꿈에 미륵님 보고 나온 놈이라
미륵이라 부르니
여섯살 아이도 야 미륵아
열살 아이도 야 미륵아
그렇게 막 불러도
왜 그려 깜밥 줄래?

보리밥 방귀 퐁퐁 뀌며
왜 그려 네 아버지 두루마기 줄래?

이 산 저 산 사이
암무지개
수무지개 먼저 꺼지고
남아 있는 암무지개
거기 바라보며
나 이층 줄래? 삼층 줄래?

홍래란 놈

군산 정거장 언저리에서
이것저것 얻어먹고
훔쳐먹고
정거장 대합실 나무걸상에서
새우잠 자도
원앙금침 잠보다
더 잘 자는 홍래란 놈
정거장 앞에서
손님 보따리 뒤지다 들키면
두 손에서 불나게 비벼대며 빌며
두 눈에서 닭의똥 같은 눈물 흘러내리며 빌며
가까스로 풀려나면
언제 빌었냐는 듯이 울었냐는 듯이
얼굴에 새 웃음 가득하다
언제 세수하고
언제 목간인들 했겠는가
그저 가만두면
저 스스로 알맞게 더럽고
알맞게 깨끗하다
어린것이
모진 나날 한데서 익힌 바
빌 때 뒈져라고 빌고
웃을 때
우뚝 비석으로 서서 웃어주는

그 홍래란 놈
얼음 꽝꽝 언 날
새빨간 귀때기에 귀걸이가 어디 있겠는가
군산 정거장
그 홍래란 놈

재선이 어머니

추운 날
싸락눈 쳐 맵고 추운 날
우리 동네 가장 아리따운 재선이 어머니
우리 동네 가장 아리땁고 여린 재선이 어머니
그 자그마한 얼굴에
웃음 가득히
슬픔 가득히
여기나 저기나
울타리도 없는 친정 다녀오는 길인지
어린 재선이 업고
포대기 씌워
그 안의 어둠속 재선이 잠 깨어 있는데
그 어둠과 함께 오다가
동네 남정네 만나
길 비켜 고개 수그렸다가
어디 다녀오는 길이오 하고 인사말 받고
기어들어가는 소리로
겨우 예 친정에
하고 대꾸해야
그 소리 들릴 리 없다
방금 쓰려고 꾸어온 돈인데도 그 돈 꿔어달라 하면
그러세요 먼저 쓰세요
내주고 나서
나보다 더 딱한 사람도 있네 한다

또 동네 남정네
어쩌다가
재선이 어머니 얼굴에 대고
어찌 그리 보리밥 먹고 그리도 이쁘시던가
수작해도
얼굴 찡그리는 일 없이
우리 재선이 칭찬이나 좀 해주세요 한다
항상 눈 안에 꿈인지 밀물인지 고여나
그 젖은 눈빛으로
무정한 가난도 겨울도
반신불수 남편도
잘 섬기며
추운 물에 언 손 드나들며
소한 대한 빨래에
그 힘찬 빨랫방망이 소리
그 빨랫방망이 소리 겹겹의 메아리라

이몽학

1596년 충청도 부여땅
홍산 추영산 도천사에서
중 능운화상과 더불어
7백 장정을 뭉쳐 일으켰다
그가 이몽학

임진란에
의병장 한현의 휘하에서
동에 번쩍 서에 번쩍
선봉장으로 왜군과 싸워
그 이름 혁혁하더니
그 싸움의 나날로 하여금 깨쳐
외적의 발호는
조정의 문란에 있음이여
왜군과 조정 함께 침으로써
거기 온전한 세상 있나니

백성을 수화에서 구하고
나라를 바로잡기 위하여 일어섰나니
무릇 충의 있는 장부는 모여들지어다

이렇게 하여 7백 장정이
1천여 장정 되어
몇고을을 치고

현감 군수 사로잡고
그길로 한양으로 향하여 나아갈 터

그러나 홍주성 싸움에서 물러나
길 굽혀 덕산으로 나아갔다
거기서 관군의 현상에 혹한 자 부하한테
단칼 목 잘리고 말았다
멀리서 형세 살피던
동지 한현도 붙잡히고 말았다

어릴 때 한양에서
아버지로부터 쫓겨난 소년 이몽학
비로소 난세에 솟아났으나
그 난세에 번쩍하다가 나뒹굴고 말았다

남원땅 고파
운봉 산중의 김희
임실의 강대수
충청도 홍산의 송유진
이 의로운 녹림당도 다 흩어진 뒤
이몽학 일당도 사라졌다

망해야 할 나라
백성의 도탄으로 긴 세월을

나라라고 이어가나니
어찌 뜻있는 자 일어서지 않으랴
어찌 캄캄한 밤 횃불 아래
칼 뽑아 맹세치 않으랴

그렇게 일어선 자 쓰러지고 쓰러진
이 나라가
어찌 풀벌레소리뿐이랴
귀 가다듬건대
풀벌레소리 그 가운데
뭇 장정의 함성 하도 하도 묻혀 있을 터

미제 분임이

이른 아침 물지게 지고
땅 보고 가는 분임이
그 눈썹 긴 분임이

그 마음속 열 길 깊어
그 무엇을 담았는지 알 길 없는 분임이
검정 치맛자락 이슬에 젖어
그 아래 바쁜 발등 젖어

물지게 물 하나도 흘리지 않는 분임이

목수 동렬이

연장궤 지고 떠나
두 달도 석 달도 있다 돌아와
고조할아버지부터 써놓은
조상의 무덤 따위
풀 수북해도 아랑곳없이
잠만 자는 목수 최동렬이
늘 뻣뻣한 수염발 사나워
순한 개도 질겁하여 자지러지며 짖어댄다
실컷 자고 난 목수 최동렬이
그때에야 금방 쓰러질 듯한
제 집구석 나와서 가는 데 있다
주막이지

순례 할머니 말
옛말 그른 데 없지
목수 제집 못 짓지 못 지어
제집은 제집이려니와
동네일에는 아무리 큰 일이라도
아서 남 데려다 하지
한동네 목수로는 제대로 서까래 올리지 못하지

그리하여 해동하고 나면
녹은 길 진흙탕에 짚세기 다 빠지며
무거운 연장궤 지고 떠난다

214

새터 용녀 어머니 말
암 그렇지 그렇고말고
저게 구름이지 어디 청산인가
어서 가 남의 동네
뚝딱뚝딱 아흔아홉 칸 고대광실이나 지어놓고
돌아와 잠이나 자소그려
아이고 역마살 대패여 역마살 톱이여
역마살 대팻밥 톱밥이여

쥐불

대보름 전날 밤
하필 구름 자옥한 밤이라
달 코빼기도 안 나온 밤이라
그런 날 갈메 똘가에 나가
길고 긴 둑에 불 놓기 좋은 밤이라
그 어둠
그렇게도 새롭고
그렇게도 한없는 밤이라

쥐불 놓아
여기저기 놓아
그 커다란 어둠속
여기저기
불빛에 비로소 살아나는 얼굴들
그 얼굴들 꿈 같아라
어찌 거기
겁 없는 계집애도 나오지 않으랴
열네살인데
부쩍 커
열여섯살
열일곱살로 보여
문득 타마꼬야 부르려다가
타마꼬! 하고
떨리며 불렀다

그 타마꼬 어둠과 불빛 먹으며
웃는 모습 달더라 다디달더라
이빨 빠진 타마꼬
단발머리에 불빛 타올라 달더라

그때 저쪽에서 타마꼬 오빠 기철이 달려와
이 가시내야
어서 집에 가
이 가시내야
하고 꾸짖을 때
타마꼬 눈물 흘리며
어둠속으로 비틀거리며 사라졌다
따라가고 싶었다
따라가며 달래고 싶었다
그러나 굳센 타마꼬 틀림없이 혼자 가리라

타마꼬 아버지는 형사한테 쫓기는 몸이라
대보름날 명절에도 돌아올 줄 모르는데

이용악

한반도 근대시 이래
가장 아프고 막막한 시 남긴 사람
가장 아프고 참다운 시 남긴 사람
1930년대 식민지의 나날
배고파
화신 앞에 서서
아는 사람 지나가기를 기다렸던 사람
그러나 해방 뒤
서정주가 시집 서역 삼만리 어쩌고
그 시집 『귀촉도』 내고
비단 와이셔츠 맞춰 입고
출판기념회에 나왔는데
거기에 이용악 그 사람 나타나
정주 나 좀 보자우
하고 구석으로 데려가
허리춤에 차고 있던 칼 꺼내어
그놈의 비단 와이셔츠 부욱 그어버리며
이 한심한 쁘르좌야
하고 내뱉고 나간 사람
고향 함경도에서 명란젓 부쳐오면
그것 맡겨놓고
조금씩 맛보며 떠돌던 사람
1940년대 그 혼돈의 시대
혼돈의 시의 시대

일체의 건달

일체의 가짜와 기만

일체의 간악 등져

오직 확연하게 피어난 슬픈 꽃 지던 시대

그 시대를 견디다 못 견딘 사람

조국산천 두 동강 나

삼팔선

어찌 그것 앞에 무사하겠는가

거기에 운명 건 사람

그의 시 서너 줄

더러는 오랑캐령 쪽으로 갔으리라고

더러는 아라사로 갔으리라고

이웃 늙은이들은

모두 무서운 곳을 짚었다

거짓 없는 시의 사람

긴 밤길

먼 불빛 같은 사람

안주귀신

군산 명산동
옛 유곽거리 뒷골목은
예나 제나 질컥거리는 선술집 골목인데
그곳에 가면
소주 네홉들이 한 병이면
안주 열두 가지가 목판 가득타
그런 안주도
한잔 한잔 사이 덧없어라
한마디 한마디
주고받는 사이
홀라당 비어버리니
이 무슨 개 같은 풍류인고
보아하니 옥정골 곁마름 고종락이
그 사람 뱃속이야
아귀 쌍둥이 기르느라고
어느새 안주 다 먹어버리고
술은 그때부터 천천히 들어간다
하도 보다못해
지곡리 전병순이가 멱살 움켜잡고
일으켜세워
이 자식아
이 배고픈 세월에
너만 배부르면 된단 말이냐
너 같은 놈하고

술을 먹다니
어떻게 본마름한테 줄 놓아주려다가
술안주 먹어치우는 것 보고
연줄 대기는커녕
화가 치밀어 멱살잡이 못 참았다
너 같은 놈하고
술을 먹다니

점백이 누나

사돈네 팔촌이 아니라
그냥 팔촌누나
점백이 누나
언젠가 저고리 벗은 것 보았는데
겨드랑 밑
하얀 살에
검푸른 점 박혀 있었다
얼굴에 점 하나 박혀
그것만으로 점백이인 줄 알았는데
그 누나 병들어
학교도 작파하고
약 먹다 안 먹다 하며
그 탐스러운 몸
하얀 살 시들어가며
어서 뒈져라
하고 속상한 어머니 소리질러도
아무렇지도 않게 시들어가며

그러던 어느날
한 소나기 바로 뒤
옥정골 쪽과
멀리 선제리 쪽에 걸린 무지개
마음먹고 걸린 무지개
그 무지개 허리에 걸린 쌍무지개

아무래도 나중 것 수무지개가
힘있고 찬란하였다
일곱 색이 아니라
그 이상 아홉 색 열 색이었다
그 쌍무지개 바라보며
눈물나던 점백이 누나

다음다음날 눈감아버렸다
윗목에 밀어놓았다가
갖다 묻었다
이 고장에서 사람이란 곧장 흙이었다

상술이 장모

상술이 장모 딸네 집에 와서
딸네 집이 더 어렵지
밤에 매운 무 한 토막 먹고
맵다
맵다고 말하고 싶어도
그런 말도 하기 어렵지
그저 무 먹고 트림 안하면
산삼 먹은 셈은 되고말고 어쩌고

다음날도 떠날 생각 없지
아들네 집이라고 가야
며느리가 생청이라
돌아갈 생각 없지

이왕에 딸네 집 온 바에는
아무나 만나도 허물없어라
먼저 알은체하고
반기고
네발짐승 다 되어
허리 굽어도
명 하나 길지어다
못 먹고 못 입어도
바람 송송 들어오는 방 안에서 살아도
그놈의 명 하나 길어

보아란 듯이
허드레팔십이라

그 웃음이라
그게 어디 웃음인가 웃음 시늉이지
개가죽나무만 보아도 나와야 하는 웃음 시늉이지

상술이 막내

상술이 막내는
큰놈 둘째놈 셋째놈 터울에 뚝 떨어져
맏형이 삼촌 같고 외삼촌 같은데
그만 문 닫은 줄 알았는데
상술이 늙마에 하나 끝동으로 태어나
온갖 사랑 그놈한테 모여들어
다른 자식이야
그저 너희들끼리 살아가거라
그저 너희들끼리 싸우고 다치고 살아가거라

하도 내리사랑이라
큰놈 둘째놈 셋째놈 짜고
막내 눈깔 한짝에 바늘 찔렀다
큰놈 다리 부러졌다
노기 탱천한 아버지한테 맞아
둘째놈도 어깻죽지 퍼런 멍 들었다

그뒤로 상술이 막내 애꾸는 더 사랑받았다
여섯살에도
엄마 등에 업히고
일곱살에도
아빠 등에 업혔다

소나기만 쏟아져도 우는 아이 상술이 막내

226

김춘추와 김유신

그냥 항복해버린 금관가야계의 김서현과
신라 왕족 만명부인의 내연으로 태어난
김유신
소시부터 무술에 뛰어나
그 용맹 떨쳤다
그 유신이 늙마에
김춘추의 소실 소생의 딸 지소와 혼인한다
이미 춘추와 유신은 얽히고설킨다
옹서간 이전에 처남 매부 간이었다
유신의 누이 문희가
춘추의 옷고름을 달아줌으로써
서로 처남 매부가 된다
이것으로도 모자라
그들은 평생의 동지
그것은 여느 눈에는 아름다운 우정이나
밝은 눈에는 깊은 정략이었다

뒤에 춘추가 왕위에 올라 말하기를
나와 공은 동체요
함께 나라의 팔다리요
뒤에 춘추 태종무열왕의 아들 문무왕이
아버지를 섬기던
늙은 신하 유신이 죽자
나에게 경이 있음은

물고기에 물이 있음과 같았는데
하고 목놓아 울어 마지않았다

김춘추 김유신 양가에서
삼국 갈등의 시대 끝내는 데 나선 인물들
김춘추 김법민의 왕과
김유신 김흠순 김인문 등의 중신들

그러나 그 이래로 이 반도는 북방을 잃고 질긴 사대노선을 열었다
신라 향가는 당음 당시에 대하여
한 변방의 속된 노래 수작밖에 되지 않았다
그로부터 긴 역사가
자주의 역사로 나아가지 않고
이 땅 위의 물과 불이 언제나 굽실거리며 어질덤병이었다

만약이란 그냥 만약이었다

사기꾼 사상가

용둔부락 지나
미제부락에는 사상가가 여섯이나 있었다
일제 때부터 전문학교 다니다 말고
잡혀갔다 나오고
잡혀갔다 나온 사상가 있었다
그중의 하나는 야산대로 떠나버리고
하나는 또 감옥에 가고
셋은 보도연맹에 가입하여
막막한 신세였다

이때 한 사람의 사상가 나타났으니
진필구

정작 여섯 사람 활약할 때는 아무것도 아니다가
그들이 없게 되자
불쑥 나타났으니
진필구

순사한테 쫓기는 척도 하다가
어쩌다가
한번 잡혀갔다 나오면
동네 젊은이들
미제 방죽 수문 언저리 모아놓고
우리 마을을 위하여

우리나라 인민을 위하여 싸우다 이 지경이니
자네들이 나서서 보약 사오게나
자네들이 나서서 양식 구해오게나
자네들이 돼지고기도 사오게나

염치하고는 코딱지만큼도 없이
뻔뻔덕스럽게
없는 권위 행사하다가
처음에는
이런 수작 들어먹혀
동네 젊은이들 쌀도 걷고
돈도 걷어다 바쳤는데

잡혀가지도 않았는데
잡혀가
죽도록 고문당했다 하고
걸음도 잘 못 걷는 시늉 하고
어쩌고 하다가
그만 순사의 말 듣고 난 뒤
동네 젊은이들 다 돌아서고 말았다

세상에 별짓도 다 있어
해방 뒤 독립군 행세하는 놈들 있더니
미국 박사 노릇 하는 놈들 있더니

엉뚱하기로 사상가 행세하는 놈도 있어
아나 이 사기꾼 사상가야 혁명가야 퉤
진필구 퉤

어린 기섭이

기섭이 아버지 두루마기 구겨질세라
두루마기 등짝에 업혀
잠들었다 깬 기섭이
새로 이 세상 먼 데 바라보며
아버지 두루마기 농약냄새
낯설어도
낯설어도
이대로 한없이 가고 싶어라
아버지 등짝 업혀

아버지 앞서 가는 기섭이 형 원섭이
언 땅 조심하느라
어디 먼 데 쳐다볼 겨를이더냐
그저 아버지 발에 뒤꿈치 밟히지 않으려고
맞은바람에 숨막히며 내달리느라

이렇게 아버지와 두 아들 함께 길 가노라면
한 마디에도 열 마디 말이 들어 있음이여
아버지 아직 멀었어?
다 왔다

쇠딱지

진만이 아저씨 둘째
말썽꾸러기 준오란 놈
한 달 내 얼굴에 물 바른 적 없다
그런 새끼 혼내어
물에 처박은 적 없다
진만이 아저씨도 아주머니도
그런 새끼하고 별반 다르지 않아
세수라고 고양이세수만도 못하다
밥 안칠 때도
미리 손 씻을 줄 모른다
뒷간 다녀와서 바로 보리쌀 인다
그런지라 준오란 놈 대가리
때딱지가 쇠딱지로 굳어져
조금만 긁어도
쇠딱지가 떨어진다
글쎄 그렇게도 더러운 놈이
손등에도 쇠딱지투성이 더러운 놈이
노래 하나 뽑을 때는
하늘에서 내려온 신선의 소리인가
물에 물방울 떨어지는 소리
제 아버지 술 취해 부르는 소리 일찌감치 익혀
물항라 저고리에 눈물 젖었소 눈물 젖었소

어청도 돌

먼 서해 한복판
어청도 있다
파도소리에 에워싸여
외로운 어청도 있다
그 어청도에
스무 개 무덤 있다
그 무덤 앞에
돌 하나씩 서 있다
아내가
지아비의 얼굴 돌에 쪼아 세웠다
그러나 닮을 리 없다
그냥 돌인지
무슨 형상인지

7년 전 해일 때
돌아오는 배 뒤집혀 죽어간 무덤이다
그 무덤 가운데
넷은 빈 무덤이다
그나마 시체도 찾지 못했다

그들의 아들
어느새 그물 걷는 법 배웠다
아버지 이어
고기 잡는 법 배웠다

열여섯살만 되어라
조깃배 타리라
갈칫배 타리라

싸낙배기 쌍둥이 어머니

단 하루도 욕 안하면 못 사는 쌍둥이 어머니
동고티 벼랑 갈지자 내려오며
햇살 새로운 아침부터
저 찢어죽일 년
칵 뒈질 년이
하는 짓이
사발 깨는 짓이여
저 오사육시를 할 년
하고 홑적삼 소매 걷어붙여보아야

제 막내딸
좀 얼간이로 태어나
기명 치우다가 사발 깨기
살강에서 사발 떨어뜨리기 일쑤다
제 막내딸한테 모진 욕 퍼부으며
벼랑길 내려오는 쌍둥이 어머니

어디 제 아들딸한테만 퍼붓겠는가
동네방네 어른 아이 할 것 없이
사내나 아낙 할 것 없이
아니 지나가는 나그네까지
나그네 따로 둘 것 없이
쌍둥이 어머니한테
욕 한번 안 얻어먹어본 사람 있던가

광대뼈 팍 불거져
깡마른 얼굴
여느때는 죽은 듯하다가
욕할 때는 눈에 푸른빛 부싯돌 친다
입에 게거품 물어
금방이라도 쓰러질 듯
온몸 못 견디며 부르르 떨며 퍼부어대는
그 험한 욕사발하구서는

그 앞에 얼빠져
그저 혀 내두를 틈도 없이
욕 얻어먹는 새터 김재룡이
허어허어 하고 뒷걸음치다가 말다가
마른 호박넌출에 걸려 자빠지기도 하다가 일어나다가

개차반

술만 먹으면 짐승 항렬이라
제 어미 볼도 쥐어박고
이년아
제 늙은 아비 담뱃대 빼앗아
제 늙은 아비 등때기도 때려 마지않는다
이놈아

그런지라 제 또래 술친구들하고 술 먹다가
주전자 내던지고
술잔 던져
친구 낯짝 찍기가 한두 번이던가

그런 다음날
언제 그랬냐는 듯이
식전부터 논에 나가
두벌 김맨 논 자상하게도 살펴본다
한바퀴 뺑 돌아온다

오죽이나 쓰린 속이겠는가
하나 한마디 말도 없이
동네 어른 만나
고개 깊이 숙여
안녕히 주무셨는가요
하고 아침 인사 남기는지라

저것이 어디
제 부모 때린 놈이여

술 안 먹으면
어린아이들 이름도 제대로 못 부르는 주제인데
술 먹었다 하면
어찌 그리 짐승 항렬인가
고만춘이

평소에 그렇게 얌전읍전한지라
동네 몰매 안 맞고
이날 입때까지 한 우물물 먹지
고만춘이

잿정지 노파

환갑 진갑 넘어도
발걸음 가비야운 할망구
잿정지 도토리묵집 할망구
소갈머리 하나 없어서
잠들어도
어린 시절 꿈꾸는 할망구
잠든 얼굴 해해 웃고
해반주그레 웃다가 냠냠거리고
예순다섯살 어디로 먹었는지
어린 시절 댕기 드린 시절 꿈만 꾸는 할망구
잠 깨어서도
해해 호호 해해 호호
어린 시절 그 웃음소리 그대로 낸다

얼굴이야 요지가지 주름으로 얽히고설켜
그물 얼굴인데
그 얼굴에 당치 않은 웃음소리
맨드라미 씨 쏟아지도록 해해 호호 웃음소리
깨방정떠는 시악시 웃음소리
지나가는 소도 멀뚱
나귀도 멀뚱
알 수 없다고
그 집 장닭 한 마리도 멀뚱 눈자위 덮는다
해해 호호

홍대용

몇천년 동안 우리는 중화의 변두리였다
우리의 동이
서융
북적
남만을 변두리로 한
한복판 중화야말로
천하의 본국이었다
그러나 천하는
어느 한곳만이 중심이 아니라
둥글둥글하여 지구였다
그 지구도 절로 굴러가고 있었다
그러므로 조선도
해동 소화가 아니라
어엿이 변두리가 아니라
조선 자체였다

이 역적의 선언이 홍대용으로 하여금 있었다
진작 북학의 박지원 박제가 이덕무 유득공과 더불어
주자학의 굴레 벗어나
조선에 과학의 용기를 드러냈다

심지어는 중국의 음양오행설도 부정했다
신도 불도 부정하는 바 되었다
썩 잘했다

홍대용 아버지 누구던가
아들 하나 잘 두었다

진자 오빠

진자 오빠는 여드름만 잔뜩 나서
학교 공부 죽어도 싫어
도시락 싸주면
다리 밑에 가 놀다가
그 도시락 뚝딱 까먹고
한잠 늘어지게 자고 나서
옷에 묻은 검불 털고
학교 간 아이들 돌아올 무렵이면
슬슬 두 다리 놀리기 시작한다
천하 한량 따로 있나
집에 가면
장독대 항아리 행주질하는
바지런한 진자 어머니 반색하여
이제 오니
오늘은 뭘 배웠니
일본말 몇마디나 배웠니
예 다섯 마디 배웠어
어디 외워보아라
한동안 난감해하다가
밥은 벤또
선생은 센세이
학생은 가꾸세이
토끼는 우사기
나팔꽃은 아사가오

오냐 내 새끼야
제 아비 재조 물려받아 하늘이 내렸지
하늘이 내리고 땅이 받아냈지
아이고 우리집에 최고운 난다
정포은 난다 보아라
그러나 그놈 다리 밑 노는 것 본 사람이
너 이놈 학교 안 가고 뭣하느냐
꾸짖으면
나는 공부보다 농사가 좋아요
꼴 베고 뒤엄 나르기가 좋아요
이놈아
그렇다면 어서 풀밭에 가 논에 가

중뜸 재수네 아기

시집온 지 6년이 넘도록 소식 없으니
시어머니 구박깨나 받은 나머지
얼씨구 아이 서서
시어머니 대접깨나 받은 나머지
응애 하고 태어난 아기
뒷산에 탯줄 묻고
귀하게시리 귀하게시리 태어난 재수네 아기

그러나 그 갓난아기
병하고 함께 태어났는지
숨이 고르지 못하더니
목구멍이 막혀
젖도 제대로 못 먹더니

군산 서래 영국사람 구암병원
개정면 개정병원
또 진내과
또 어디 어디

제발 우리 아기 목숨만 남겨달라고
미친년으로
미친년으로
다시 가본 구암병원에서
이제는 집으로 데려가라고 해서

다 죽어가는 어린것 부둥켜안고
울며불며 돌아가는 중
군을 뼈도 없이 굳어버렸다
저승이라도 함께 가겠다고
어린 송장하고 땅바닥 주질러앉아
넋놓고 울다가
울음도 동이 난 마누라더러
남편 재수도 넋 나간 말 한마디
그래
함께 갈 수 있다면 가봐
나도 생각중이여

그러나 아직 산 사람에게는
죽은 아기 더한층 선연하여라
그 눈 커다란 것이!
그 이마빡 넓기도 넓은 것이!
그 배내웃음 깨물어먹고 싶던 것이!
아이고!

진동이

미제 진동이
김가라고도 했다가
장가라고도 했다가
아무튼 개가한 어머니 따라와
의붓아버지 밑
눈치코치 먹으며 잔뼈 굵은 진동이
그렇게 자라났으면
꾀나 있고 뭣이나 있어야지
이건 영 대가리에 징소리 들어갔는지
무슨 일 잘도 잊어먹어
두번 세번 다져서 일 맞추어도
그날 딴일 나가는 진동이
어쩌다 의붓아버지 엄한 심부름길도
산북리 심부름길도
원당리 상엿집 지나 개골창 하나 뛰어가면
심부름 내력 잊어먹고
도로 와서
욕사발 엥겨 다시 나서면
이번에는 원당리 끝나무다리 건너고 잊어먹고
도로 와서
앓느니 죽어 죽어 하고
제 어머니까지 심부름 내력 다시 챙겨주면
이번에는 머릿속에 가슴속에
꼭꼭 숨겨가지고 가다가

산북리 거의 다 가서
매어둔 황소가 암소한테 올라타는 것 보고
심부름 내력 덜컥 잊어먹었다
도로 와서
이번에는 심부름 내력은 고사하고
심부름 보낸 일까지 깡그리 잊어먹었다
아이들하고
둠벙 물장난하다가
의붓아버지 눈에 띄어
죽어라고 혼났다

동네 어른들
아니 저놈한테
먼 산북리 술지게미까지 사러 보내는
아비 어미가 잘못이지
저놈이야
눈앞에 두어도 열두 발 모자랄 놈인데
어찌 멀리 내보낸단 말인가 쯔

작은당고모

큰집 작은당고모

옥산면 옥산리 미륵산과
당북리 월출산 사이
햇볕 귀한 마을 모싯말로 시집가서
아들딸 열두 형제나 낳고도
언제나 시악싯적 남부끄러움 그대로

게다가
안방 화롯가에서 버릇든 얌전이니
허물없는 안손님 와도
그 손님 애기
마주하여 듣는 가운데
어느덧 돌아앉아
끝내 옆구리 보인다

경도 없어서 자식 없는 큰당고모한테
항상 죄지은 듯
언니 언니 하고 눈물바람 하는 것 말고는
몇십년 산 영감한테도
심지어 제 자식들한테도
얼굴 똑바로 맞댄 일 없다

작은당고모부 진한 수염 비벼대며 투덜대기를

우리집 저 물건은
혼자 보기 아까워
어찌 저렇게도 춘향이 처음 같은지

아따 갖다붙이기는
춘향전에 갖다붙이기는
투덜거리기나 그만둘 일이지
아따

수만이

갈메 수만이 비 맞고 간다
도롱이라도 두르고 갈 것이지
그냥 베등거리 젖어
찰싹 들러붙어 비 맞고 간다
땡전 한푼 아니라도
전주 덕진 백리를
철길 따라 걸어갔다 온 수만이
재권이 아저씨네 일 맡아가지고
상복이 아저씨네 일 맡아가지고
급한 일 맡아가지고
먼 데 갈 때면
한 달에 서너 번씩 집을 비운다
오늘도 비 맞고 간다
누구네 일 맡았는지
하루 내내 굶어도
끄떡없는 수만이
비 맞고 간다
어디 남새밭 한 뙈기 있더냐
그저 두 다리 튼튼하여
남의 집
먼 길 심부름이나 해서
푸성귀도 얻고
양식도 얻는다
오늘도 비 맞고 간다

수만이 어머니
길 떠나는 수만이 보고
무슨 걱정이랴
그저 제 외할아버지 닮아서 저렇게 잘도 걸어가지
제 외할아버지 뒷모습 몽땅 빼다박았지

백두개 사부인

내 사촌 은석이 외할머니
백두개 공동묘지 밑
은석이 외할머니

나는 은석이하고 노닥거리다가 백두개까지 갔다
은석이 외할머니는
무척이나 잔사설이 많은지라
먹을 것 내놓을 형편은 못되어도
말 대접은 풍성하여
백두개 아이들까지 모여들었다

무 뽑다가 깎아주며
백두개에서 공부 잘하는 아이 봉출이도 와서
그 아이한테는
무 대신 배추꼬랑이 깎아주었다

봉출이 왔구나
인물 좋은 봉출이 왔구나
아이고 네 형제들 다 살았더라면
집안 가득 인물이 득실거릴 텐데
네 위로 셋 있었는데 잃고
네 아래로 둘 있었는데 잃었지
그놈들 다 살았더라면
가 가운데 판사 나고 나 가운데 군수 날 텐데

좀 덜 되면 면장도 좋고
면주사도 좋지
봉출아 너라도 잘되어라
우리 백두개
비록 송장 묻힌 산 밑이지만
송장 물 먹고
큰 인물 난다
너라도 잘되어 삼현육각 잡히고 올작시면
우리 동네 풍장 치며 춤추며 놀아나야지
안 그러느냐
자아 하고 배추꼬랑이 하나 더 주었다
은석이와 나한테도 주었다

우리는 백두개 봉출이가 부러웠다
우리는 봉출이가 미웠다
우리는 봉출이 때문에 빨리 일어나
오릿길 넘고 넘었다
돌 하나씩 주워
돌팔매질하며
팔 아프며

영조

꽤는 방정맞기도 했거니와
그러나 지친 왕조
새로이 하고자
탕탕평평 탕평책
탕평채로 반찬하여
한여름 수라를 때웠다

그러나 그의 권세가 어찌 역사이런가
패관문학 억누르고
왕권문학 지키려는 반동의 권세 앞이었다

만약 영조 등극 첫 무렵 그대로
그 총명한 젊은 신하들과
한번 크게 떨쳤던들
거기 조선의 새로운 날 열 수 있었으리라

상감마마 묻고 상감 되더니
자식을 뒤주에 넣어 죽여버리고
젊은 신하의 총애에도 지쳐버렸다 길고 길었다
이미 운명이 다해가는 것을
어쩌지 못하고 말았다

백성보다 맛있는 것 좀 먹고
좀 으르렁거려보고

그리고 죽어
좀 큰 무덤에 파묻혔다
누구보다 좀 얽히고설킨 이야기만 남기고 파묻혔다

죽어 영조라 하니
이름으로야 영명한 임금이로다 세상의 이름들 사뭇 거짓이로다

곰보댁

개사리는 세 마을이다
남평 문씨들이 떼지어 사는 마을
괜히 고씨 두씨 조씨가
잇속의 쇠이빨처럼 박혀 있다
그 개사리 가운뎃마을 곰보댁에서
관청 몰래 밀주도 팔고 투전방도 내준다
그 집 마누라 곰보댁은
한 달에 두어 번 빨래 모아 빨래 이고 나갈 때
아예 밥 싸가지고 가거나
밥솥 가지고 가
밥해먹거나 하여
하루 내내 빨래하여 다저녁때 돌아온다
딸만 여덟이라
남정네들이 구선녀집이라 한다
어미 곰보댁까지 합하면 아홉인지라
그런지 그런 억척 빨래 이틀치나 뚝딱 해다가
뒷동산 문씨네 무덤 소나무와 소나무 사이 줄 매어
여기저기 널어놓으면 장관이다
그 무덤 심심타가 빨래잔치 복 터졌다
그렇게 굵은 똥 싸며 살아가다가
또 한번 아기 들어
이번에야말로 아들 점지하소서 점지하소서
칠성굿도 하고 탯굿도 하고
열 달 동안 밀주도 담그지 않고 노름꾼도 막고

매사 언행 삼가

난데없는 양반마님 행세였으나

끝내 또 딸이었다

딸 낳은 곰보댁 벌떡 일어나자마자

그동안 참았던 욕 퍼부어대며

이것아 너 죽고 나 죽자 하고

갓난것 엎어놓아 숨막히게 놓아두었다

그러나 목숨은 질길 때는 질긴 것이라

그런 뒤로 무럭무럭 자라났다

딸 열이 다 박색이라

무쪽 같다는 말은 무한테 섭섭

게다가 딸 셋은 쪼르르 맞춘 듯이 거적눈이라

그 앞에 어디 사내 얼씬거리겠는가

이제 9선녀에게 10선녀 채워

맏딸 옥례는 어머니 곰보댁과

너나들이 길동무인 양

서로 트고 지내는 사이

식구 많은 집 빨래 둘이 해오면

우르르 딸들 마중 나간다 장관이다

바람도 한술 떠 힘을 낸다

문치달이

개사리 치달이 하면
어디 하나 책잡힐 데 없다 나무랄 데 없다
그저 좀 무뚝뚝해서
타관바치가 보면 성깔깨나 부릴 듯하지만
심덕 하나 고요한 밤중이라
사귀어보면 맛이 난다

사람이 언제 쓸데 생겨날지 모른다 해서
뒷간 갈 때는
돈 몇푼 넣고 가야 한다던가
담배쌈지 곁주머니에
꼭 낱돈 몇푼 똥그르르 들어 있다

늙은 어머니 수수히 섬기고
아들 형제 수북수북 밥 잘 먹고
마누라 목소리가 좀 째져서 그렇지
추수 끝나면
진작 지붕 이어 새로 포근하고
닭장의 닭도 무던하여
또박또박 알 낳아준다

일년 내내 지나가보아야
어디 술 되게 마시는 실수 할 줄 모른다
그런 치달이라

사람들 주고받되 빚 줄 테면
치달이한테 주어야지 누구 주고 떼인단 말이여

그런 치달이건만 밤길에
관여산 공동묘지 도깨비한테 얻어걸려
외약다리 오른다리
한바탕 혼난 뒤
몇달 동안 몸져누워
그 집 소 싱싱한 꼴 한번 못 보고
방 안에서 미음 먹고 죽 먹고 나서야
차츰 밥 먹기 시작했다

얼레 치달이 나왔네그려
그동안 햇볕 안 쏘이더니만
얼굴 한번 박속 같네
인물 갈았네

미제 유끼꼬

해방 뒤에도
국민학교 졸업하고도
옛날 부르던 유끼꼬라 부르는
미제 홍설자
아버지가 똥지게 지고 지나가다가
원당리 부잣집 딸년하고 가는 유끼꼬 보고
너 왜 인제 오니
하니
예 학교에서 일 있어서요 하고 얼른 지나쳤다
원당리 동무가
저 사람 누구냐 하니 네 아버지냐 하니
우리 동네 일꾼이라고 했다

그런 유끼꼬 커서 큰아기 되더니
어찌나 그리 잘도 삐치는지
너 밥 먹었느냐고 하면
그럼 밥 안 먹는 사람도 있을까 하고
볼우물 앵하고 파이며
고운 입술 삐죽거린다

너 이쁘구나 하면
피이 마음에도 없는 말
침도 안 바르고 나오네
입술 삐죽거린다

늙은 아버지 담배 다 먹고 일어나며
동네사람들한테
이왕이면 웃는 낯으로 말해라 하니
이제 나 아이 아니어요 내가 알아서 할 일이어요
어찌 이다지 맵고 차가울까

방도는 하나 있다
관우 장비 같은 사내한테 시집보내어
초죽음 몇번이면
유끼꼬
새 인물 나지
허리에 아지랑이 감기고
치맛자락에 노을 일기 시작하겠지

그 고운 입술
그 눈썹
그 부푼 가슴 녹은 땅 뚫고
솟는 새 숨인가
아리아리한 가슴 약 든 가슴
똥지게질로 키운 큰아기 가슴

5월 단옷날 그네 솟아 어지러워라
그 아래에서도 어지러워라

오복상회 며느리

군산 묵은장 오복상회
노인이 상주인이고
아들이 새 주인이라
아들이 물건 떼어오느라
늘 나가 있으니
며느리가 나와 물건 판다
가는허리 자그마한 몸매인데
거기 휘어감기면
누가 놓아줄까 보더냐
장사솜씨 그만이어서
촌 손님들
그 며느리 웃음소리 한번에 녹아
에누리할 생각 어디로 달아나버린다
그런 며느리 장사솜씨를
어두컴컴한 안쪽에서
헤헤헤 하고 내다보는 노인도 눈길 게슴츠레
아이고 우리 며느리 우리 며느리

방죽가 개똥이 누나

방죽가 송근덕이네 접방살이
그 집 반머슴으로 드난살이하는 개똥이네
개똥이 아버지
개똥이 어머니
개똥이 누나
개똥이
이 네 식구한테는 개도 짖지 않는다
그렇게 착하고 사 없다
밤에는 어둠 하나 넉넉하여
물가에 서면
그 어둠속에서도
건너편 낮은 언덕
물에 잠겨
그 그림자 고즈넉하다
개똥이 누나 댕기 드린 머리채 떠는 것
그 어디서도 알아볼 수 없는 어둠속
부디 우리 아버지 남의 집 면하게 해주소서
하고 흐느끼되
흐느끼는 소리 못 나오는 어둠속

물에 그림자 꿈쩍하지 않는 어둠속
물 아래 고기 꿈쩍하지 않는 어둠속

종석이

미룡국민학교 3학년 종석이
74를 짚어
이게 얼마냐 하면
21이라 대답하는 색맹 종석이
보리밥 시절이라
복도 걸어가다 뽕
선생님이 불러서
걸상에서 일어날 때 뽕
방귀쟁이 뽕
원당리 홍성기가 말하기를
종석이네 고사 지낸 뒤
종석이가 방귀 제 마음대로 뀌게 되었다 한다
계집아이들 줄넘기하는 데 가서
심술 놓으며
뽕
뽕
뽕
그게 무슨 큰 재주인 양 으스대는 종석이
그러나 색맹이라 붉은 저고리 제대로 볼까
노랑 저고리 제대로 볼까
하기야 푸른 하늘도
하얀 하늘로 보이면
그것도 별천지 아니던가
철쭉꽃도 먹꽃 아니던가

김재덕

용둔마을 선산 김씨 굶어본 사람 없다
논 많고 밭 많으니
곡간에 묵은쌀 있어
그 집 서생원 복도 많다

그런데 선산 김씨네 잔칫날에나 무슨 날에는
으레 먼 일가 재덕이가 나타나
마치 제가 주인이라도 되는 듯이
제가 주인 대신이라도 되는 듯이
안마당으로 가 설쳐대고
바깥마당으로 가 설쳐댄다

아 여기 작은 상 치우고 큰상 차려와
아 길동이 아버지
이리 와 이것 좀 들지 않고 무엇하는 거여
아 상술이
이리 와 어서 이것 치워요 치워
멀쩡한 손 놀리지 말고
그렇게 손 놀리기 좋아하니
어디 새끼들 주둥이에 먹을 것 들어가겠는가

원 별놈의 권세도 다 있어
재덕이보다
재덕이 마누라 한술 더 뜬다

부엌일 돕는 마을 아낙 괜히 족쳐댄다
한서울댁 어서 내가란 말이여 어서
길동이 어머니
불 안 때고 뭣한대
어서 장작 괴어 불붙여 불

원 별놈의 권세도 다 부리고 있네
재덕이
재덕이 마누라
어찌 그리 잘 만나
안팎으로 지랄인가

아래뜸 달순이네 저녁

아래뜸은 남향집이라 해도
해가 일찍 떠나
사뭇 그늘진다
그래서 마당 구석마다
이끼 진하고 돌에 돌버섯 덮여 있다
늘 항상 그늘내 난다
천석꾼이 부자 똥가래네 집 다음다음 집인데
큰부자 이웃에
너무 가난한 이웃이었다
그 가난뱅이 달순이네 집
달순이 어머니 성품 하나 느긋하여
불났다 해도
불났으면 끄지그려 하고 돌아눕는다
도둑이야 해도
우리집이야 천석꾼 아니니 뭘 놓고 가야지 가져갈 것 있나 하고
허겁지겁 놀라는 일 아예 없다
비록 보리밥으로도 모자라
보리에 호밀 섞은 밥이지만
된장 한번 다디달아
붕어 훑어다 호박국 끓여
일곱 식구 배불리 먹고 나서
어디 밥이면 다인가
밥상머리 이야기꽃 피워
그 구성진 입담으로

영감도 웃겨드리고
다 큰 딸자식 고개 돌려 웃게 하고
그 아래 어린놈 눈 말똥말똥
어미의 걸쭉한 입 들여다보게 하고
이렇게 흘러 흘러
이 이야기 저 이야기 잘도 이어가더니
아이고 나 좀 보아
밥상 안 내가고
무던하신 우리 조왕님네 심심켔네
자 어서 기명 치고
앞치마때기 풀고 들어와
하던 이야기 마저 해야지

권상로

보리 한 섬
흙 한 무더기

저녁 먹고 나
누런 쟁반달 같은
퇴경 권상로 화상이여
포광 김영수 화상은 깐깐하고
퇴경 권상로 화상은 어리무던하고
그 쌍벽 좋아라

그 해박한 학식으로
그 유장한 문장으로
산문 사암마다 슬기를 열고
세속에 두루 뜻을 이루었나니

앉으면
흙담 잘 쌓아올린 듯하고
서면
묵은 벼늘
해 넘기고도 헐리지 않는 듯하다

그러나 흠 있나니
왜의 막된 시절에 몇번인가 몸 누추해졌나니

1956년 개운사 대원암에서
젊은 비구한테
대처승 대접으로 따귀 한 대 맞았을 때
그때도 민다래끼 난 채
가만히 앉아 맞았다
부처인지 몰라
그냥 마른 진흙인지 몰라

수철이 고모

수두 잘 앓고 나야지
까딱하면
수두알 곰보 되기 직전
그 딱지 속 벌레 굼실거린다

두 팔 무명 대고 묶어두고
그 벌레 조심조심 후벼 파내야 한다
먹따 소리지르는 수두 앓는 수철이 고모
그 소리에 맞대고 먹따 소리치는
수철이 할머니
이년아 너 곰보 되면
아무데도 시집갈 데 없다
나 시집 안 가 시집 안 가
이년아 나 곰보딸 두지 않을 것이여

기어이 곰보 된 수철이 고모
그러나 천만다행
살짝곰보
그것도 코하고 턱만 살짝곰보

딸 시집가는 날 수철이 할머니 내내 울었다
울타리 댄 대나무 가지 분질러대며 울었다
아이고 이년아
아이고 이년아

김명술이 형제

군산 신흥동 껄렁패
김명술 김명복이는
얼굴도 얼굴이지만
목소리도 똑같아서
그들 둘이 지나갈 때는
누가 누구인지 모른다
네 살 터울이나
껄렁패라
서로 야 자 하니
그들의 말소리로는
누가 형인지
누가 아우인지 모른다
그런데 동생 명복이한테
원한 품은
개복동 임산천이가
형 명술이를
명복이로 잘못 알고
뒤에서 쳐
비겁하게시리
뒤에서 쳐
명술이 나동그라졌다
이 명복이새끼
내 맛 좀 보아라 하고
마구 짓이겨댔으나

273

명술이는 명복이 행세로
실컷 당해주었다
비틀비틀 집으로 가
동생 명복이더러
야 너 나보다 유명하더라

정자나무

천년 마을에는
천년 묵은 나무 없어도
백년 묵은 나무가 있다
백년 묵은 여우가 있다
호들갑떠는 년 있다
그년 이사 간 뒤 마을 적적하다

미제 가면
김재홍 면장네 집 앞 정자나무
수리조합사무소 앞 물푸레나무
그 정자나무 밑
아침나절은 아이들 차지
낮에는 할아버지들 차지
밤에는 아버지들 차지 아저씨들 차지

거기 가면
이 세상 혼자가 아니지
이 세상 혼자일 수 없어
혼자 시루떡 먹고 간 배 부끄럽지

그 정자나무 밑 반달논배미
사람들이 오줌 누어
걸고 건 논배미
우렁도 많고

게도 많이 나는 논배미

그 반달논배미 팔아
죽을 뻔한 김범식이 딸
수술 두 번 하고 살아났다
햇빛이라고는 모르는 푸른 얼굴
길고 긴 하얀 모가지
길고 긴 손길인데

누구 하나 말 나누어보지 못한 김범식이 딸
미제뿐 아니라
용둔 원당 새말 개사리 총각들
그 흙투성이 총각들
한번씩은 그 처녀 마음에 품어보았다
물러서서
딴 데로 장가가기까지

누구나 한번씩 마음먹어보는 처녀
그 김범식이 딸
군산 나들이 갈 때
그 처녀 뒤로
오래오래 분냄새 헛냄새 남아 있다

김절구

조선 건국 이후
피 뿌린 왕자의 난이 잦아든 뒤
궁궐이나 궁궐 밖이나
조금 마음놓을 무렵
이런 때는 별난 짓 하는 사람이 생겨난다
세종 때
상왕 태종 때
개국공신으로
부자 장자가 된
김절구가 있것다

아무리 개국공신일지라도
벼슬길로 나갈 계제는 못되는지라
실컷 재물길로 나서서
부자가 되었는데
거기까지는 그렇다 치고

거기서부터 딴생각이 나는데
사람이 어찌 재물만으로 살 수 있겠는가
골동에 사로잡히기 시작하여
처음에는 전조 고려의 청자에 미치더니
어디 청자뿐이더냐
옛것이라면 없는 것이 없는데
그리하여 김절구 댁에 가면

고려 태조가 입었던 융복도 있다 하고
한술 더 떠
신라 법흥왕이 염불할 때 앉았던
당나라 비단 방석도 있다 하고
얼쑤
백제 궁녀가 입었던 단속곳도 있다 하는데

거기서부터 또 딴생각이 나는데
바로 나라 안의 물건으로부터
나라 밖의 물건으로 눈을 돌릴 때
때마침 거기에 안성맞춰
어떤 청산유수가 와서
깨어진 표주박 하나 들고 와서 말하기를
장자시여
김장자시여
이 표주박으로 말할 것 같으면
요임금 시절
세속을 버린 허유가
임금자리 물려주겠다는 소리 듣고
귀 더러워졌다 하여
물을 떠 귀를 씻어냈는데
바로 그 물 뜬 표주박이올습니다
한즉
어디 백금이 아까울쏜가

당장 사들였것다

또 어떤 청산유수가
해진 갈자리 하나 돌돌 말아가지고 와
이 갈자리로 말하자면
일찍이 공부자께오서 행단에서
뭇 제자에게 만물의 이치를 가르치던
그 자리올습니다
어이구
하고 당장 사들였다

또 어떤 청산유수 대지팡이 하나 가지고 와서
옛날 옛적 비장방이 갈파에서
물에 던진 그 지팡이올습니다
당장 사들였다

물론 이 서너 가지 사들이는 한편
다른 것들도 마구 사들였는데
그러다 보니
개국공신의 부자가 어느덧 기울어가지 않을 수 없는지라
김절구 이미 골동밖에 모르게 되었으니
다시 가산을 일굴 운은 아예 없었다
그러나 그는
옛 물건들 틈에서 사뭇 기뻐 마지않았다

특히
대명천지 이소사대의 시절이 열린 세월이라
대국 중국땅의 거룩한 옛 물건 세 가지는
과연 그의 재산과 바꾸어
얼마나 광영스러운가

뜻한 바 있거니와
어느날 식전바람 김절구는
왼손에 표주박 들고
바른손에 지팡이 들고
해진 자리 겨드랑이에 낀 채
이슬 푸짐한 길
절뚝거리며 동네 밖으로 나가 걸어보니
영락없는 비렁뱅이 신세라

그렇구나 조선 초의 장자께서
한낱 거지로 돌아감이 옳거니

봉건시대 이런 위인 있어
이 세상 그래도 심심치 않게 살 만하구나
이런 위인 있어
이 세상 그래도 허허 살다가 갈 만하구나

대보름

내 더위
내 더위
대보름 식전바람 더위 팔고 신나지
동네 아이들 신나지

그러나 어른들은
대보름 지나면 싫지
설날부터 대보름까지는
어영부영 놀고
마을에서
징소리
장구소리 그치지 않지

대보름 지나면 싫지
논에 거름 부리러
거름 지고 나가야지
한삽 한삽 언 땅 파
뼈빠지게 객토해야지

날씨라도 짓궂어
싸락눈이라도 퍼부어야지
해 뜨면
해가 원수지
밀린 일 한꺼번에 달려들지

그래서 대보름날 밤에는
영락없이
싸움 벌어지지
술 먹다가
싸움 씨 뿌려
멱살잡이 싸움 벌어지지

그런 싸움 맡아놓은
새터 김상술이
쉬었다가
일 나가는 때도
제일 뒤처져 나가는 상술이

싸우고 나면
그렇게도 무색한 상술이
싸우고 난 뒤에는
안 들어줄 일도
순순히 들어주지
중뜸 재환이 마누라 옹색하면
상술이 싸움 뒤에
상술이한테 돈 꾸어오지

어느덧 정이월 다 가지

따옥이

옥정골 왕대밭 안집
대바람소리 그윽한 집
그 집 이쁜이 따옥이
언 논 녹아
그 무논에 앞산 그림자 내려왔다
그 앞산 벚꽃 그림자 내려왔다
거기 바라보는 이쁜 따옥이
아침마다 제 어머니 정성들여 따준 머리
검은 머리 따옥이
검은 저고리에 수박색 치마
언제나 방금 목간하고 나온 듯한 따옥이
이 세상 덩달아 사납지 않아
그네 혼자 쑥 캐러 가도
다북쑥 향긋하여라
따옥이 아리아리 이뻐라
무슨 생각에
혼자 웃음 머금은 따옥이

상래 아저씨 어머니

요강 한 개로는 모자라는 오줌쟁이
늙어빠져
가까운 일은 까먹고
먼 일은 또록또록 잘도 외우고 있다

자네가 누구여 하고
건넛말 당질이 와 인사해도
누군지 모르면서
젊은 날 옥비녀 꽂고
흰 깨끼저고리에 남치마 입었던 시절
그 시절 그려낼 때는
그 옷 입고 나선 할미산 고갯길
이슬 마르기를 기다려
느지막이 나선 고갯길
그 고갯길에서 앞서 가던 선제리 아낙
아이고메 자빠지던 일 그려내며
그 선제리 마누라
영감한테 잔소리 듣고 나온 참이라
자빠졌지 흐흐

해망동

군산 해망동 굴 지나
해망동 벼랑 사람들
떠나는 배 바라본다
뺄떡뺄떡하는 아이들 고추처럼
힘차게 떠나는 배 바라보다
눈자위 풀어진다

가난으로도 모자라
엎친 데 덮쳐
아들 배 타고 나가 돌아오지 않고
딸 하나 살림 밑천
물 길어오다가
언 땅 헛디디어 다리병신 되었다

해망동 갖가지 불행이라
햇빛 하나 제대로 못 받고
그 못된 겨울 지나서야
겨우 때꼽재기 누더기옷에
팔짱 끼고 나와
떠나는 배 바라본다
돌아오지 않는 아들 생각한다

늙어 숨쉬기도 고된
김복동 영감

젊어 막소주 마구 퍼먹던
김영감
이제 해소에 파묻혀
떠나는 배 바라본다

점백이

용둔리 시악시 가운데
제일 키 작은 중뜸 점백이
용둔리에서는 귀한 박씨라
박점백이
밥 안쳤다 하면
금방 밥 퍼내고
물 길었다 하면
금방 부엌 물항아리 넘친다
난쟁이 면했는데
당차기는 으뜸
잿정지밭에 넘어가
고추 끝물 따다가
선제리 남정네 달려들어도
눈썹 하나 까딱 않고
그 한적한 밭에서
아서
여자 한 품으면
당신 같은 집 삼대 절뚝발이 생겨나
나 그 꼴 못 보아주어
하고 물리친다
실로 할미산 아래
그럴듯한 정기 타고난 처자로고
시집가
사내 하나 잘도 다듬어놓을 처자로고

명산동 유곽시장 용철이

명산동 유곽거리
유곽 없어진 자리
장터 되어
거기 제집 삼고 사는 용철이
장꾼들 장사 틈에
용철이 안 보이면
오늘은 어찌 그놈 코빼기 안 보여?

여기저기 짐도 밀어주고
짐 내려 풀어주고
그래도 돈은 안 받고
그저 국수나 한 그릇 말아주면
그것 먹고 좋아한다
자는 데는
유곽자리 헛간인데
제법 담요 두 채나 있다
장사꾼 아낙들이 푼돈 모아 사주었다

반벙어리라
누가 들으면 알아들을 수 없건만
장터 사람들은 용케도 알아듣는다
어느날은 엄마 잃은 아이 데리고 있다가
엄마 찾아주고 국수 얻어먹었다

그러나 한 가지 버릇 있다
누가 주는 것보다
슬쩍 훔치는 버릇 있다
큰돈 나가는 것은 말고
쩨쩨한 것 훔친다
그래서 파출소 세 번이나 다녀왔다

한여름 삼복 허위허위 넘기는데
죽은 돼지고기 얻어먹은 용철이 배탈났다
여름 돼지고기 잘 먹어야 본전인데
그 때문에 누워 있느라고
장거리에 보이지 않았다
오늘은 어찌 그놈 코빼기 안 보여?

돼지고기 먹고 탈난 줄 모르고
일년에 한번쯤
아파보아야 사람 되는 줄 모르고

계백

660년 나당군의 대침략에
결사대 5천을 거느리고 나섰다
나서기 전에
제 일월도로
아내와 자식의 목을 쳤다

황산벌의 대회전
김유신의 군사 5만과 대적
격전으로 네 차례 방어했으나
마지막 총공격을 받고 싸우고 싸워 죽었다

멸망 앞에서 결단은
모든 결단을 종합한다

이상하도다 백제 유민은 오랫동안
멸망한 날을 기념해왔다
세상에 멸망의 날을 기념하는 자 없는데
백마강 유역에는
그런 일 있다

거기에 계백이 피 묻은 채 이어져온다

군산 요단강

군산 월명동 재판소 부근에는
하루에 두 번씩 지나가는 미친 사내가 있다
이따금 목청 돋우어
심판이 임박했노라 예수 믿으라 외치지만
대개는 요단강 건너가
요단강 건너가
그 찬송가 부르며 지나간다
다 해어져 무르팍 나오는 바지 입고
얼굴은 방고래 드나든 꼴이라
눈자위가 유난히 희고
입술이 유난히 분홍빛이라
그러나 요단강 건너가
그 소리 하나
떨리는 목젖 환히 보이도록
떨리는 맑은 소리
개울물 급한 소리
요단강 건너가 요단강 건너가
아이들 그 뒤 따라가며
그 노래 흉내내지만
그 요단강 사내한테는
앞만 있고 뒤가 없어
앞만 보고 나아가며 요단강 건너가

미제 김동길

동네 돈만 걸었다 하면
덜컥 삼키고
동네 돈만 오면
용케 알아
덜컥 삼키는 미제 김동길이
어찌나 얼굴 번들번들한지
늘 팔자 펴진 신수였다
세수할 때도
반 시간이나 걸릴 때도 있는 김동길이
닦은 데 다시 닦고 닦고
수건질도 여러 번이다
제 어머니 환갑에는
군산 기생 열 명이나 불러다가
걸판지게 잔치 벌였는데
제 아우가 돈 50전 꾸어달라고 하면
이놈아 돈이란 꾸는 것이 아니라
버는 것이다 어쩌구 돌려보낸다
과연 미제 놀부 김동길이
3년 전인가 횡령사춰라 해서
군산경찰서 지하실에 쇠고랑 차고 들어갔다가
곧 풀려나
콧대 더 높아졌다
어디 가나
무엇 먹을 것 없나 냄새 맡았다

동네에 무슨 일 생겨나면
아니나다를까
어디 있다가
용케 나타난다
요긴한 때는 꼭 나타난다
산에서 똥 싸면
왱 하고 날아오는 똥파리인지라

윗말 쌍둥이

윗말 쌍둥이
사변으로 망한 집 하나둘 아니거니와
윗말 쌍둥이 창렬이 주열이 아버지
인공 때 면인민위원회 일 보다가
수복 때 도망쳐
죽었는지 살았는지 모르는데
어디선가 죽었다는 소식 있어
1953년
세상이 좀 가라앉자
먼 일가 어른이 나서서
죽었다는 말 들었으니
죽은 것으로 치자
그래야 너희들도 매사 편하다
하고 사망신고 내게 했다
어느새 어린이로부터
청년이 다 된 쌍둥이 창렬이 주열이
눈에 눈물방울 매달고
제 아버지 빈 무덤 써
한밤중 거기 가
절하며 엉엉 울었다
막걸리 끼얹고 나머지 마시며 울었다
그 무덤 앞에서
창렬이가 주열이한테 말했다
주열아 너 먼저 장가가거라

나는 할일 있다
다음날 창렬이는 아버지 찾으러 집 떠났다
몸 하나 씩씩하니
일해주며 떠돌아 기필 아버지 찾겠다고
길바닥 돌멩이 힘껏 차고 집 떠났다

쌀봉이

태욱이 아저씨 딸 쌀봉이
늘 인형 만들어
인형 업고 다니던 쌀봉이
커서
이웃집 아기 업어주던 쌀봉이
어머니가 밥 굶으며 반대하는 사내한테
기어코 그 사내한테 달아나
군산 째보선창 못미쳐 방 얻어
신접살이 차렸는데
신랑이 빈털터리라
제가 팔 걷어붙이고 나서서
이 집 저 집 마른일도 해주고
궂은일도 해주며
살아보려고 애썼다
그렇게 살아가노라니 세월도 좀 흘러
노여웠던 어머니도
등잔불 심지 내려
기름 아끼며 풀어졌다
그것들 밥을 먹는지 죽을 먹는지
이따금 쌀말이나 이고
십릿길 걸어가 주고 온다
물어물어 째보선창 거쳐
팔마재 꼭대기집 사글셋방 찾아가 주고 온다
어머니 이런 것 가져오지 마세요

애써 벌어먹어야 밥맛 있어요
어머니
어머니
그 사람 심덕 하나 그만이어요
그렇지 신랑 자랑은 심덕뿐이라

당북리 왕고모

하룻밤 자고 이슬길 떠날 때
그 드넓은 들
까마아득할 때까지
안 보일 때까지
서 있는 정 많은 왕고모
무색옷 한번 안 입고
늘 하얀 무명옷 차려입고
머리에 아주까리기름 발라 곱게 빗고
옥비녀 질러
늘 단아한 왕고모
누가 좀 슬픈 얘기만 해도
그 두 눈에
눈물 그렁
말없이
눈물 그렁

군산 희소관

군산 희소관 기도 노재동이
어깨 떡 벌어진 까다 재동이
창씨개명 히로다인데
그가 개복정거리 걸어가면
저기 까다 간다 재동이 간다 한다
그러나 그런 재동이인데도
순사나 보조원만 나타나면
그 어깨 접혀서 쩔쩔쩔 맨다
그것 보고 개봉정 아이들 재동이 따라가며
재동아 재동아 하고 골려댄다
히로다 노재동이 하도 화가 나 한마디
이런 해골 박살내어 생골 내어
술안주 삼을 놈의 새끼들 같으니라고!
보아란 듯!
귀퉁방머리 밑 짝 그어진 흉터 번쩍 빛난다
그러나 아이들 달아나다가 다시 따라가며
히로다 재동이 히로다 재동이
하고 더 기승부려 외쳐댄다
지나가는 소달구지의 소 물캐똥 싼다

관여산 앉은뱅이

미제 지나 원당으로 가다가
왼쪽으로 갈라지는 길 건너가노라면
양쪽 비탈은
더덕더덕 옴투성이 같은 무덤들 말 없다
공동묘지다
천한 공동묘지다
묻힐 데 없는 사람 묻히고
문둥이도 묻히고
거지도 묻히고
군산형무소에서 죽어나온
죄수도 묻힌다
그 공동묘지 후미진 고개 넘으면
거기가 탁 트인 불이농촌 들녘인데
야트막이 언덕배기
이빨 난 듯이 가지런한
관여산 마을
거기에 나하고 일이등 다투는 조소연이 살고 있다
그 조소연이네 옆집
울타리 너덜거려
울타리 있으나마나
그 집 앉은뱅이 아낙이 누구냐 하면
조판수네 어머니인데
이 판수 어머니는
화만 나면 아무개 욕이 시작된다

벼락 맞아 죽으라고 퍼부어댄다
앉은뱅이라
방 안에서 뒤보고 앞보니
오죽이나 성깔 나겠는가
그러나 건넛말 문삼득이가
군산 일출운동장에서
씨름판 황소 타온 것마저
오사할 놈
그놈의 황소 잡아 나눠먹지 않으면
한 달 못 가 동티 불러들여
제 에미 염병으로 죽을 것이여
염병이 어찌 하나한테 걸리고 말 것이여
제 애비도 제 동생도 걸려 뒈질 것이여
그 욕으로 한나절 보내고 나서
퇴창 열고 우물가 서넛이 모여
물 긷다가 서로 헤어질 줄 모르는 이야기꽃 보고
저년들 제 서방 흉보는 년들
제 두 다리 짝 벌려
숫돌 박힐 년들
그것으로 성이 안 차
가래침 탁 뱉으니
그것이 마당에 탁 떨어져 죽었다

옥정골 각띠영감

옥정골 고기석이 아버지
창곤이 영감은
고씨 항렬이 낮아서
병자 돌림이나
모자 돌림 보면
눈 밝아
저만치서 길을 바꾸거나
나 몰라라 외면하기 일쑤다
나 몰라라 외면할 때면
바다해 짤함 물하 맑을담
비늘린 잠길잠 깃우 날개상
하고 천자문 읽느라 몰라보는 척한다
그 창곤이 영감은 허리띠도 유별나
사또 나리 두르는 각띠라
옥정골 입방아들이 각띠영감 각띠영감 하고 부른다
어찌나 중동치레에 사족을 못 쓰는지
허리에 찬 주머니도 스무 가지나 되고
쓰지도 않는 안경집에는
돌안경이 들어 있는데
그놈도 허리에 드리워 덜렁거린다
쌈지 하나도 덩달아 덜렁거린다
두루마기 입으면 다 가려버리는지라
동저고리 바람일 때가 많고
그러자니 갓 쓸 수도 없어

맨상툿바람일 때가 많다
허허허 아무데나 대고
혼자 의젓잖게 웃어주기도 하고
흠 하고 무엇인가 걱정해주는 시늉도 하며
옥정골과 서문 밖 고래실 논길 지나
지곡리 고개로 슬슬 돌아다닌다
돌아올 때는 멋쩍은지
남의 수수 모가지 한 개 잘라온다
그것도 치장인지
한 손으로 흔들며 온다
각띠영감 허리에 찬 것들 함께 흔들거리며 온다
비로소시 지을제 글월문 글자자
이에내 입을복 옷의 치마상
하고 또 천자문 읽느라 몰라본다
각띠영감 천자문 읽으며 지나가는데
옥정골 심술쟁이 전달수 애먼 데 대고
어이! 옆집 닭 우는 소리 말어!

조병옥

걸걸한 목소리
기생들 품에 파고들어도
너 이놈 추운 게로구나
껄껄껄

다 이승만 앞에서 고개 떨어뜨려도
조병옥만은 잔뜩 눈 부라려 떴다

식민지시대 신간회로 정치 시작하여
해방 이후
한민당 우익에 몸담았다
하지와 통하여 미군정 경무부장으로
장안을 틀어쥐었다
할로 오케 시대

그러다가 이 땅의 현대사 기원 제주 4·3봉기 만났다
조병옥 명언 한마디 남겼다

대한민국을 위해서는 제주도 전토에
휘발유를 뿌리고
거기에 불질러
30만 도민을 한꺼번에 태워 없애야 한다

아무리 그가 이승만 독재와 싸웠다 한들

결국 분단 첫 대목 작은 이승만일밖에 없다
아무럼 이 점 숨겨둘 수 없다

눈물단지

미제 방죽가 김기충이
사내자식이
술 한잔 마시다가도 주룩주룩 눈물 흘리며
오늘도 걷는다마는 노래하며 눈물 흘리며

또 처사촌 이모가 세상 떠났다고
아침밥상 받아놓고
한 수저 뜨다 말고 눈물 흘리며
산목숨은 먹어야 하고
죽은 목숨은 묻어야 하고

어디 그뿐인가
사내자식이
미제 방죽 가뭄 들어 물 바닥났을 때
붕어도 가물치도 긁어다 먹는데
가물치회 먹다가
아이고 산목숨 불쌍하구나 하고 눈물 흘리며
고추장 찍어먹다가 눈물 흘리며

그런데 그 눈물인즉
사람 속여먹을 때도 눈물로 속여
큰돈 50원도 먹고
남의 밭문서도
제 것으로 만들어 팔아먹다가

기어코 콩밥 2년 먹고 나왔다
나와서 이 산 저 산 올라가
반갑네 반갑네 하고 눈물 흘리며

그 눈물단지 딸 월례도 아버지 닮아
끄떡하면 눈물 주르르 흘리며
연필 훔치고도
억울하다 눈물 흘리며
정작 도둑맞은 아이가
멀쩡하게 도둑질하는 것 본 아이가
도리어 어이없어서
그 치마저고리 깡뚱하게 입은 월례
한번 눈물 흘리면
어찌 그리 눈물도 끈질긴지
그칠 줄 모르고 흘리며 흘리며
할 소리 다 해가며
청승 다 떨어가며
끝내는 싱거워져 눈물 동나면
그때에야 새로워진 눈 빛나며 벌떡 일어선다

마정봉

충청도 내포 일대까지
전라남도 송정리 목포까지
그 이름 자자한 변사 마정봉
작달막한 땅키에 오동통한 몸매
꼭 거머리 잡으면
뚱그러지듯이
둥글고 오동통한 몸매
사흘 굶어도 굶은 티 안 날 몸매
여름인가 하면
반바지에 스타킹 신고
백구두 신은 변사
군산 희소관 변사
열일곱살부터 변사로 나서
희소관이
남도극장으로 바뀐 뒤에도
변사

저 아리랑고개는 무슨 고개려뇨
저 고개는 쓰리랑고개요
울고 가는 눈물고개 울음고개요
아 기구한 운명 얄궂은 운명의 장난이라
저 아리랑고개 너머
그 어드메 이내 몸 머물 데 있을쏘냐

이렇게 청승 넣어 풀어나가면
극장 안 무성영화 울음바다
엉엉 울음바다에 이어
박수소리로 바뀐다
마정봉
마정봉
호남의 제일 변사 마정봉
처녀들 달라붙고
기생들 자동차에 태워 붙잡아간다

나는 그의 제자가 되었으나
변사로 나갔으면
그의 누이를 준다 했는데
그의 제자 되었으나
잠수함 잠망경 같은
마이크 앞에서
눈앞이 캄캄하여 도망치고 나갔다

그 마정봉 도리어 극장 사장 되더니
변사 노릇 끝나고
무성영화 호시절 끝나고
병들어 세상 떠났다
멋진 상아파이프 남기고
건달 아들 남기고

두 장님

군산 장미동에는 장님 서넛이 함께 사는 데 있다
안마 잘하는 장님 서넛이
의좋게 사는 데 있다
여관에서 오라는 전갈 있으면
늙은 장님이 젊은 시악시 장님 이끌고 간다
지팡이 짚으나마나
늘 다니는 길이라
앞 못 보아도 훤한 길이다
지팡이야 땅에 닿는 둥 마는 둥

그들 장님 아비도 딸도 아니건만
장님끼리 수양아버지 수양딸 굳게 맺어
비 와도 비 두려워하지 않으며
검은 안경 쓴 쪽이 딸이고
뜬 눈이나 아무것도 안 보이는 당달봉사
앞장선 장님이 아비이고

인기척이 없을 때는
서로 도란거리며
여느때 없던 웃음 나온다

이 세상 악 가운데도
이런 선 있어
어둠도 복으로 누리는 웃음 나온다

310

원당리 성구 아저씨

모심을 때나
김맬 때나
나무할 때나
보리밭 거름 줄 때나
언제나 흥겨운 성구 아저씨

마누라 죽은 지 5년
딸 하나 아들 하나 길러내면서
화 한번 내지 않고
언제나 흥겨운 성구 아저씨

오줌장군 짊어지고 밭에 갈 때나
빈 통으로 돌아올 때나
언제나 흥겨워 노래 떠날 날 없는 성구 아저씨

노래란 노래 모르는 것 없어
고복수보다 고복수
백년설보다 백년설
남인수보다 남인수
일본 노래까지
사께와 나미다까 타메이끼까

슬픈 노래 불러도
언제나 얼굴에는 웃음이므로

저것이 슬픔인가 기쁨인가
밤길 돌아가다
오줌 싸는 동안에도
흥얼흥얼 흥겨운 성구 아저씨

노래하다 싱거우면 말 한마디
아이구 저 별 좀 보아 모두 다 나 내려다보네
별 참 좋다
별 참 좋아

개사리 문순길이 마누라

들에 자운영꽃 냉이꽃
산골에 괭이밥꽃
마당에 꽃 없어도 궁하지 않다
물동이 이고 나온 문순길이 마누라 궁하지 않다

햇빛이야 마을 어디고
들이고 산이고
골고루 비쳐주어
큰 덕이건만
유난스러이
순길이 마누라 이마와 코언저리 비쳐주어
눈 아리게 환하디환하여라

그저 된장국 끓이는 냄새밖에
다른 냄새 나지 않는 순길이네 집인데
순길이 마누라는 어찌 그리 환한지
물동이에 물 부으면
그 물까지도 순길이 마누라라
환하디환하여라

개사리 순길이야 된장메주 사촌 아니면
고추장메주 사촌인데
어찌 그의 마누라는
시집온 지 5년이 지나도록

새각시 티 그대로 나는지
웬만한 여편네들이야
농투성이 마누라라
시집온 지 서너 달이면 헌 여자 되고 마는데
순길이 마누라
그 아름다운 낭자머리
잠자리도 떨며 앉을 듯 앉을 듯 날아간다

가장 참다운 칭송은 욕이나 저주라
아이구 저년하고
하룻밤 만리장성 쌓으면 원 없겠네
순길이 그놈
군대나 가서 죽지 않고
순길이 그놈

문순길이 장모

딸 하나 여워
그 딸 가마 뒤따라와서
사위네한테 얹혀사는 순길이 장모
백년손님이라는 사위도 아들 삼아 사는 장모
선제리 집이야
남한테 맡겨 살게 하고
사위한테 와서
처음에는 문밖에는 얼씬하지도 않고
그 더운 여름에도
나무그늘 하나 내려오지 않는
순길이네 집 안에서만 처박혀 있다가
차차 먼 산 낯익고
가까이 도랑물 넘어다보고
오고 가는
동네사람도 익히더니

한 해 꼬박 견디고 나서
다음해 봄에는 얼른 나와
보리밭마다 옮아다니며
나물 캐었다
하루에 나물 두 소쿠리씩
시오릿길 군산 유곽시장까지 내다팔아서
사위 먹을 마른반찬거리 사왔다

그러다가 개사리에서
아는 것 제일 많은 할망구 노릇이었다
개살구도 살구지 암 그렇지
소금 먹은 놈이 물 켠다 암 그렇지
한 다리가 길면 한 다리가 짧지 암 그렇지
속담 쪼가리도 아는 것 많다
그러자니
개사리에서 잔재주 많은 할머니 되어
이 집 저 집 불려가
밤늦게까지 옛이야기 해주다가
사위가 데리러 오면
신발도 신는 둥 마는 둥
사위 따라 온 길 성큼성큼 돌아간다

전우

간재 전우의 만년

전라도 칠산바다 위
부안 앞바다 계화섬 학당에서
날마다 바로 입고 바로 앉아
옷자락 하나 법도에 어긋나지 않았으며
한 겨를도 흐트러진 적 없더라
율곡 우암의 학문을 이었으나
그 주기설도 버리고
그에 맞선 주리설 외골수도 버리고
그 두 설을 절충하였더라

그가 벼슬을 사양하듯이
나라 망하는 때
의병도 사양하고
위정척사 노선 항일도 나 몰라라 하고
오로지 학문과 행실로 나날을 자고 깨며
원근 각읍에서 건너온 제자들과 마주 있더라

그 절충 학문조차 이미 속 없는 공론이니
허공에 대고 근엄하였더라
바다에 대고
조기떼 지나가는 데 대고 근엄하였더라

모름지기 유건 벗어던지고
그 바다에 풍덩 빠져보지도 못하고
멀리 질풍에 돛단배 바쁘게 달리는 것 불러보지 못하고
다만 뭍에서 들려오는
나라의 비운 물 건너 팔짱 끼고 걱정하였더라 척하였더라

어찌 조선의 주자학은
본국의 주자학보다 이 지경이던가
간재 전우 심심한 동네마다
서 있는 장승만도 못하였더라

선제리 한약방 의원영감

선제리 지나 가사메 가는 길
어은리 가는 길 있다
그 길로 더 나가면 옥봉리 가는 길 있다
영병산 아래 선은리 가는 길 있다
그 너머
늘 하얀 바다 만경강 끝으로 가는 길 있다

선제국민학교 아래
선제한약방
그 한약방 의원영감은
재미지다
환갑도 훨씬 넘었는데
동네 시악시 지나가는 것 보고
여보아 너무 몸 흔들고 가면
사내들 눈 버리네 눈 버려 하고 농도 건다
그 영감 고약은
미면 옥구면
멀리 옥산면까지 자자하여
전영감이라 전고약 전고약으로 이름나 있다

그런데 그 영감
문득 세월을 깨쳤는지 앞을 내다보았는지
아들 두 형제 아래
아직 시집 안 간 맏딸더러

저녁밥 지을 때
밥 두 그릇 더 지으라 해서
밤중에 딸 불러 밤참 함께 먹으며
먼저 당신 마누라 것
당신 장모 것
당신 아들 형제 것
당신 가운데동생 것과 제수 것
끝동생 것
가운데조카와 조카딸 것
끝제수 것
이것들 약방문 책을 쓰는데
딸이 먹 갈아대고
아버지가 초서로 쓰는데

감기 처방
어디 처방
어디 처방
이렇게 서른일곱 권 책을 써서 매고
헌 치맛자락이나
저고리 안감 조각 베어
그 처방책 표지 두툼하게 풀먹여 만들어갔다

이러기를 한 달에 열서너 차례 해서
몇달 뒤 다 마쳤다

320

두루 불러 그 약 처방책 나누어주었다
사람이 병들면
부모보다 약이지
펄펄 살아 있어야
천하의 이치도 이치지
하고 한마디 거들면서

그러더니
이듬해 초겨울 어느날 찰밥하고 쇠고깃국하고
달걀 찐 것하고
부께미에 집에서 담은 첫국 술 한 잔으로
반주하여
배불리 잘 먹고 나서
싸락눈 내리다 만 저문 마당 내다보고
담배도 한 대 잘 피우고 나서
어찌 머리가 좀 떵하구나 하더니
정든 목침 베고 누워
그길로 딸깍 숨 거두어버렸다
어이없어
집안에 슬픔도 없었다
그냥 건곡성 내었다

항상 붉은 대춧빛 입술에
웃으면 이빨 쪼르르 하얗게 빛나므로

노소간에 부러워했는데

그날밤
옥봉저수지 물결깨나 높았다
센 바람 불었다

세규 동생

태어나 백일 넘기기 어려워
백일잔치가
그토록 동네방네 잔치였다
새터 세규 동생
백일 넘기고 나서
온 동네 귀여움 다 받고 나서
달거리 걸려
몇번 앓더니
병원에 갈 겨를도 없이
굿할 겨를도 없이
눈감아버렸다 어이없었다

눈감은 것
바로 내다 묻어야 하는데
세규 어머니
하도 원통하여
하루 내내 윗목에 뉘어놓은 채
울고불다가
세규 아버지와
세규 작은아버지가 안아다
파묻어버렸다
할미산 여우 용케도 알고
그날밤 여우 울음소리
무던히 났다

이 세상에 와서
겨우 백일의 일생 마쳤다
켕켕켕켕
여우 울음소리
무던히 났다

잿정지 이부자네 딸년

잿정지 행자란 년
아비는 머슴 살러 떠났고
어미하고 사는 행자란 년
그년 에미나
그년이나
머리에 이가 시글시글
서캐가 하얗게 시글시글
치마를 풀면
거기에도
저고리 겨드랑 거기도 덕지덕지

우중충한 겨울날
어쩌다 해 나오면
볕 드는 흙담 아래
모녀가 옷 벗어 이 잡느라
서로 머리끄덩이 이 잡고 서캐 잡느라

동네 마누라 제 딸더러
이년아
행자네 집
이부자네 집 얼씬도 말아라
행자란 년하고는 말도 말아라
이 옮겨올라
서캐 받아올라

그래도 살아 있어 이 서캐 있고
숨 놓으면
그것들도 다 뒤집혀
함께 죽어버리지
어이쿠 별놈의 의리도 다 있지
그래서 이 세상 살 만하지
아냐 사람 죽을 날 가까워오면
그놈들 눈치 하나 빨라 하나둘 슬슬 떠나기도 하지

독점 순자

나운리 신풍리 가는 길
군산 가는 길
독점 골짜기
독점 이씨네 딸 순자는
웬만하면
만나는 사내마다
오빠 삼고
동생 삼는다
그래서 동네 처녀들이
저 가시내는 오랍동생 스물이요
그냥 동생이 스물이나 되고도 남는단다 한다

정작 제 오라비도 둘이나 되는데
이년아
너는 사내 허천났느냐
제 오라비한테 얻어맞고도
여기저기 수양오라비
수양동생 맺어놓고
생일 외웠다가
양초 한 자루씩 보내기 바빴다

두메마을에서야
침침한 등잔불뿐이라
촛불 밝히면

딴 세상이다

그런데 용둔마을에서도
수양오라비 둘이나 되는
공술이 누나 있다
그러더니 그 수양오빠 하나하고는
사이가 틀려
원수 되고 말았다
아이고 원통해
그런 놈을 오빠오빠 하고 불러왔다니

미제 곰배정 영감

성이 곰배 정가라
곰배정 영감으로 통하는
미제 윗말 정동필이 영감
수염 끝이 배꼽까지 닿을 영감
그 헌걸찬 허우대에
목소리는 새된 소리다
꼭 불알 발린 사내 목소리

금방 무너질 듯한 사랑채지만
기와집이라
조심조심 쓰는 기와집이라
아직도 덕 있어 먹을 것 흔하다
부자가 망해도 3년 먹을 것 있다더니
아직도 먹고 마실 것 흔하다

술 한잔 입에 안 대고
담배연기 모르는 곰배정 영감인데
그러나 종중 일에는 앞장서고
종중 일가
먼 일가 두루 보살핀다
한 달에 한 번씩 국거리 한 치룽씩 돌리기도 한다
일가뿐 아니라
남남한테도 돼지고기 내장 사다가 돌리기도 한다
떡 했다 하면

몇말씩 해서 돌리기도 한다
옛날 덕행 본받는지
윗말 가난뱅이 굶는 날
밤중에 그 집 단지
보리쌀 채워놓고 오기도 한다

핫옷 한벌 없는 집에는
헌 솜 갖다놓는다
그 솜 틀어다가
옷에 넣든지 이불에 넣든지 하라고 갖다놓는다

그러던 곰배정 영감
항상 불그데데한 영감
물 데워라 해서 목간하고
손톱 발톱 깨끗이 깎고 나서
다음날 새벽 그대로 세상 떠났다

곰배정 영감 마누라도 손이 커서
광목 40마씩 나누어주어
동네사람들 복 입게 하고
초상집 일 돕는 아낙들도
광목 두 마씩 행주치마 해입혔다

그 곰배정 영감 상여 한번 느려터져

미제 선제리 사이 오리를 하루 내내 걸렸다
유소보장 펄럭이며
언제나 그 자리 있는 듯했다
지나가던 사람도 멈추고 어쩌다 자전거도 멈췄다
선제리 너머
대기마을 수성산 기슭
큼지막이 무덤 쓰고 난 뒤
비가 알맞게 왔다
촉촉이 오다가 그쳤다

그 영감 떠난 뒤 십년 동안
농사꾼들 비 오는 날 놀 때는
제기랄 것 곰배정 영감이나 살아 있으면
고깃근이나 실컷 얻어먹을 텐데
제기랄 그놈의 곰배정 영감이나 살아 있으면
이런 날 오리지떡이나 얻어먹을 텐데

미제 진달풍이

괴팍한 대가리에서
기계충 떠나지 않는 달풍이
학교 가서도
선생한테 미움만 받는 달풍이
아이들한테서도
찐감자 얻어먹지 못하는 달풍이
선생한테 혼나고
변소에 가 엉덩이 까 내리고 앉아
똥도 안 싸면서
실컷 울고 나오는 달풍이

일년 뒤 한 학년 올라가자
기계충 없어졌다
방귀 뀌는 버릇도 없어졌다
누더기옷도
새옷으로 바뀌었다

광산 갔던 아버지가 돌아온 것이다

눈 내리는 날

바람 고약타
하루 내내 눈발 날리다가 말다가
바람 치는 쪽이
서쪽이다가 북쪽이다가
다시 서쪽이다가
어디에 바람막이 없이 고약타

이런 날에야
일찌감치 저녁 해먹고
잠이나 자빠져 자려고
동지 넘어
짧은 해 아직도 남아 있는데
저녁밥 하는 연기
굴뚝에서 나오자마자
바람이 못살게 굴어 싸그리 없애버리는데

이럴 무렵
옥정골 고병두
사냥 갔다 돌아온다
허리에 꿩 차고 돌아온다
몇날 며칠 가야
입 한번 여는 법 없는 고병두
제 자식 어리광에도
그저 입 다물고

머리 한번 쓰다듬어주고 만다
한 달에 말 두어 마디면 되나
서너 마디면 되나

동네 아낙들 밭에서 일하다가
병두 지나가면
아이고 사냥꾼은 그렇다 치고
사냥꾼 마누라 무슨 재미로 살아
사람이
아래도 아래지만
위도 한몫하는 것인데
저런 납덩어리 벙어리하고
무슨 재미로 살아
무슨 잔재미로 살아
이 뒈질 년아 하고 퍼부어도
그 욕이 맛있는 법인데

그런데 정작 병두 마누라야
어느 아낙네보다 입방아깨나 찧는지라
온갖 소문 그 아가리로 모여들고
온갖 소문 그 아가리에서 퍼져나온다

병두와 병두 마누라 입궁합 내력이 이러하나니

처녀 장사

미제 아랫말 처녀 장사 있다
두 바퀴 수레나
리어카에 두엄 가득 담아서
소 대신 혼자 끌고 가는 처녀 장사 있다
부모 말도 잘 안 듣고
동네 어른한테도
구질구질하게 인사할 줄 모른다

팔촌오빠가
너 같은 것 누가 데려가겠느냐고 하면
내가 왜 사내 사타구니 밑에 가 놀아난다지?
어림도 없어
내가 왜 사내한테 쩔쩔매며 산단 말이지?
어림도 없어
하고 침 탁 뱉는다

지서 순경이 와서 말 걸어도
콧방귀 풍풍 뀌다가
네가 여자냐
뭣 하나 달렸느냐
하고 놀려대면
씩씩 분통 삭이느라 씩씩거릴 뿐
입에 거품 물 뿐이다가
순경 발 앞에 침 탁 뱉는다

뒷간에 가 똥 눌 때도
반나절이나 있다 나와
몸에 뒷간냄새 다 스며서야 나온다
그 냄새라도 나야지
분냄새 아닌 바에는

검은 얼굴에 이빨밖에 흰 데 없다
비 실컷 맞고 와야
입술 겨우 희끄무레해진다

어찌 생겨먹은 것이
이렇게 사내 질러졌는가
목소리도 걸쭉하다
웃음소리도 껄껄
어느날 밤 아버지 제사 지내고 나서
울음소리 흑

미제 김기만

미제 부자 김재구 영감의 큰아들 기만이
제 앞으로 떼어준 논 2만평 있고
밭 5천평이나 있는데
그 논밭 날려버리고
다시 본가에 의지가지 살아간다

얌전하디얌전한 그의 어머니 아금받아
아들 기르는 데도
온갖 정성 다했건만
부잣집 자식 사람 되기 어렵다

진작부터 양복 맞춰 입고 나서서
군산 선술집 떠돌며
실컷 놀다가 온다
지친 몸으로 풀린 눈으로 온다
사흘 만에 엿새 만에
돈 떨어져 온다

그런 기만이 조용히 바라보는 사람 있다
바로 재구 영감의 서자 기선이다
그는 작은댁 소생인데
동네사람 칭송이 자자하다

아무리 노라리판에 미친 기만이건만

제 배다른 동생 기선이만 보면
술이 화닥닥 깨어버린다
고개 돌려 속으로만 퍼부어댄다
이 첩의 년 자식놈아 네가 나 비웃고 있지

그러나 기선이 고요한 얼굴
바람 한점 안 받는 물 같은 얼굴

함경도 사람

함경도라
거기가 어디던가
그 머나먼 곳에서 온 사람
그 함경도 말 알아듣기 어렵고
그 함경도 사람 여기 말 알아듣기 어려워
말 막히면
손짓 발짓으로 통하는 사람
장삿길 나섰으나
벌이 변변치 않다
겨우 어깨에 멘 자그마한 짐에는
아랫녘에서 해온 한 뼘짜리 곰방대 예순 개
관전이네 머슴방
하룻밤 신세졌다고
그 담뱃대 하나 뽑아
머슴한테 주고
밥은 굶고도 먹었다고 하는 사람
이튿날 아침 무서리 내린 날 떠나는 사람
턱 뾰족해서 염소 같기도 하고
몸 빼빼 말라 날아갈까봐
방죽바람 된바람 불지 말아야지
이 세상 태어나
누구 하나 해 입히지 않은 사람
쌀벌레 같은 사람
아이들이 졸래졸래

저 사람이 함경도 사람이란다
저 사람이 함경도 사람이란다
하고 따라가며 돌 던져도
그 돌멩이 맞아도
또 온다
너희들 그때는 어른이 되겠지비
하고 웃음 남기고 가는 사람
발 한번 가비야운 사람
사뿐사뿐 벌써 방죽길 건너
벌써 미제마을 앞 접어들었다
기러기 같은 사람

계집종 갑이

두루 알다시피
을사사화는 숫제 무고한 선비 백여명을
송장으로 만든 피범벅이라
여기서
사화 원흉 정순붕은 원훈으로 일등공신에 오르고
누명을 덮어씌워 죽인 유인숙의 집과 재산과
그 집 노비들을 받았다
받았다고 말하되
빼앗아버렸다

그 빼앗은 노비 가운데
계집종 갑이가
다른 종들과 달리
새 상전 정대감의 눈에 반짝 들어
친딸 겸으로 귀여움을 차지했다
한데 그네가 사내종한테 시켜
역질로 죽은 송장에서
팔뚝 하나 잘라오게 하여
그 팔뚝을 정대감 베개 속에 넣어
밤마다 베도록 하였더니
얼마 뒤 그 정대감 정순붕 역질에 걸려 죽었다
이 일이 발각나 갑이를 꿇어앉혔으니
갑이 소리치되
너희가 우리 상전 죽였으니

내가 원수를 갚은 것이다
내가 죽을 때를 얻었으니 더 물을 것 없다
너희 집이 다 망하는 것 보지 못하고
죽어감이 한이다

조선 봉건왕조 사회의 종이란
주인의 종이거니와
주인보다 높은 의리의 종이기도 하거니와

이미 날 때부터
종으로 나고
종으로 죽어야 하였으니
더는 다른 데 힘찬 삶으로 나아갈 수 없거니와

하여간 갑이!

군산 히빠리마찌

군산 묵은장 바로 잇대어
군산 정거장 바로 잇대어
거기 지나가노라면
놀고 가 놀고 가 하고
붙잡아당기는 여자들 있다
붙잡아당겨서
어느 사내는 옷이 타진 일 있다

거기 한번 걸려들면
쌀잠자리 거미줄에 걸리듯
꼼짝달싹 못하고
다 털리고 나와야 한다

거기에 총각들 동정 바치고
처음으로 세상을 깨닫는다
거기에 마흔살 사내
이 강산 낙화유수 부르고
등 떠밀려 나오며
그것이 풍류임을 깨닫는다

그 히빠리마찌 여자 중에도
유난히 입 크고 몸 큰 여자 있다
그 여자한테 걸려들면
상무도 전무도

야 너도 사내냐
아나 쇠불알이나 하나 꾸어 달고
다시 오너라 하고
등 떠밀려 나온다

아아 어찌 이 세상에 사내다운 놈
한 놈도 없다냐
나를 울려줄 사내
한 놈도 없다냐 씨부랄
이런 소리 거리에 나와버린다

백두개 유서방

백두개 되놈의 드넓은 배추밭에서
항상 똥거름 주는 유서방
오줌거름 주는 유서방
그렇게 놀 때 모르고 일하며
배추 낼 때는
배춧짐 지게에 높다라니 지고
군산 채소장 나갔다가
돌아올 때는
짐 없어서
등때기 헐렁하다
그래서 선제리 가는 노인 하나
지게에 지고 온다

그의 말소리 혀가 짧아
제대로 알아들을 수 있는 것 드물다
사람들은 그가 되놈의 집에 있어
되놈 혓바닥 닮았다 한다
그 말소리로
아저찌이 아덜 멧 행재시요?
하면
가까스로 알아듣고
잘못 알아듣고
음 우리 아들 논에 나가 피사리하지

그런 말 오고 가는 것 좋아라
엉뚱한 대답 좋아라
말이란 본디
이럴 줄도 알아야 한다
못 알아듣는 말
못 알아듣는 대답 좋아라

어느새 백두개 다 온 개바위 마루턱

화산리

옥산면 당북리 건너
화산리
뒤로는 수리산이요
앞으로는 문 탁 열린 옥산뜰이라
수리산에는 밤나무 밤 잔뜩 열리고
옥산뜰 풍년이라
어디 하나 나무랄 데 보이지 않는데
그 좋은 마을에
하필이면
병든 할머니 머리끄덩이 잡고
할머니 어서 죽어 죽어 하고
날뛰는 술고래 손자 있어
손자 김치욱이 있어
그 소문 오십리 안팎 퍼져서
그 화산리로
장가드는 집 없고
시집가는 집 없다

옥정골 서른살 된 처녀
시집 못 가고 말았는데
그 처녀가
화산리로 비싸게 팔려갔다
논하고
산하고 바꿨다

그러나 옥정골 사람들
시집갈 테면 밤중에 몰래 갈 일이지
화산리 신랑 들여놓을 수 없다고 으름장 놓았다
시집가는 날
신랑 오는 길 막고
옥정골 장정들 몽둥이 들고
쇠스랑 들고 지키고 있었다
침 뱉어
손 안에 기운 쥐고 있었다

중마름 오의방이

고한규 할아버지네 마름 셋 있다
마을 것은 직접 할아버지가 맡아보고
한치 에누리 없이
꼼꼼하게 맡아보고
할아버지 본댁과
옥정골 소실댁이 뒤에서 거들고 있다

그러나 옥산 개정에는 따로 마름 하나
김제에 하나
흥덕에 하나 있다
그러다가 옥산 개정 마름이
할아버지 밑으로 오자
그곳에는 중마름에게 맡겨져
중마름은
마름한테 논을 전차하여
마름한테 도조를 갖다 바치고
마름은 논임자 할아버지한테 모아다 바친다
그러자니 중마름은 소작인에게
웬만한 사륙제로는 안되고
삼칠제도 더 받아내어
소작인은 농사짓고도
하늘밖에 남는 게 없다

중마름도 마름 아래 단련된 놈이라

개정 옥산 중마름 오의방이는
그곳 소작료 훑어내는 것이
홀태보다 더 모지락스럽다 해서
홀태마름이라 부르는데
만주사변 5주년이라고 해서
양곡 특별공출로 빼앗아가고
거기에 또 도조를 떼어가니
개정 발산리 농투산이 하나가
오의방이 발등을 삽으로 찍고 잡혀갔다
그 집은 풍비박산되었다
마누라는 도망갔다

오의방이 병원으로 실려가더니
발등 싸매고 나와
더 기승 부리고 세도 부렸다
그러나 마름한테 논 얻지 못하고
다른 중마름 차지가 되자
그 떵떵거리던 중마름질도 못하고
술에 주둥이 담그고 있었다

술 취해 대낮부터
이 자식아
발산리 원복연이
이 자식아

너 때문에
내 중마름 노릇 망했다
너 잡아먹을 테다
오도독오도독 깨물어먹을 테다

오막살이

집 뒤 무덤
무덤 밑 집 한 채

거기 사는 밥푼네
댕기꽁지 밥푼네

말 한마디 모르고
밥 얻어다 밥 먹고

여우만도 못하고
새만도 못하고

남의 일 해주고
품삯도 못 받고

그 너머 방죽물
죽은 고기 떠올라

심부름

추운 날
먼 데 심부름 갔다 오는 남철이
아망위도 없이
맨얼굴 얼었다가
하도 언 나머지
절로 몸 더워져서
갑자기 세상이 방 안처럼 훗훗거린다
너 춥겠다
우리집 방에 가만히 앉아 있을 때보다 안 추워요
이렇게 바깥이 방보다 더 좋아요

그 답답하고
문구멍 덕지덕지 발라 침침한
추운 방에만 있다가
심부름 갔다 오라면
어찌나 좋은지
처음 나설 때는
걸음이 잘 나가지 않다가
새터만 지나면
바우배기만 지나면
그래서 갈메 바라다보이는
바우배기 논길에 들어서면
그 얼음 반 눈 반 추운 길
바람에 휩싸여 떠오를 듯한 추운 길

그러나 몸에서 더운 김 나서
추위가 몸 안으로 못 들어간다

쇠정지 남철이
여름 내내 종기 나 성할 때 없었으나
이 겨울 부쩍 자란 남철이
심부름 가며
혼자 가슴 두근댄다

심부름 가는 집 계집애 선자 있다
속눈썹 긴 선자
그러나 그 집 개 사납다

군산 전도부인

군산 금서동 예배당
서른 계단 올라가 있는 예배당
그 예배당 전도부인 둘이 있는데
하나는 성경책 가슴에 대고
우리 동네까지 올 때도 있는데
동네 아낙네들
예수 믿고 싶어도
어떻게 군산까지 다닐 수 있어야지
하면 그저 웃기만 한다
남정네 다가와
하나님이 있소 하고 물으면
하나님은 자꾸 부르면
없는 하나님도 오신답니다 하고 웃기만 한다
동백기름 자르르 바른 머리 단정한데
시집가자마자
남편이 죽은 뒤
이 길로 나서
예수 믿으시오 믿으시오로 살아간다

그런데 금서동 예배당의 딴 전도부인
그 사람은
예수 안 믿으면 심판받는다
유황불이 무섭다
예수 믿으라 한다

요단강 건너가
천당 갈 테면
예수 믿으라 한다
어여쁘기는 이 전도부인이 더 어여쁘다
우리 동네에 오는 전도부인보다

어느날 동네 아이들 셋이
전도부인 길 막아선다
우리 동네 오지 말아요
입만 가지고 오지 말고
올 테면 맛있는 것 가지고 와요
그러자 그 전도부인 웃기만 하다가 주여 주여 하다가 그저 돌아갔다

오성산 냇물

오성산 냇물 언제나 붕어 안 죽을 만치
얕은 물 흐르는데
그 냇물 하나 위하여
산들이 양쪽에서 훤하게 벌어져
때로는 오성벌 들녘도 이루고
때로는 오성산 기슭
느긋한 비탈도 이루고
그 복판으로
심심산천 냇물 흐르네

이 흐름 하나 위하여
제법 내로라하는 산줄기
서로 갈라져서
경건하게도 날 저물면
구름에 붉은 노을 물들이다가
그 구름까지도
경건히 어둠이 되네

이때 오성산에 모여든 총각들
땀내 전 총각들
별빛에 눈초리 세워
자 가자
하며 죽창 들고
앞장서는 총각 누구인가

어제 왜놈 농장 주인한테 얻어맞고
농장 개한테 물린
나포면 신정말 차동구 영감 아들
바로 그 사람 일태 아닌가

어둠속 냇물 한 줄기
가까스로 말소리 내는 밤 그 물소리 저쪽으로
일본인 농장 궁기농장 불빛 하나뿐

차영감 아들 일태
논 천평 사기까지는 장가 안 간다는 일태
팔뚝에 심줄 불거져나온 일태
주먹코 일태
오늘밤 논이고 밭이고 다 그만두고
너 죽고 나 죽자
불빛 점점 다가온다
셰퍼드 짖어대는 소리
어둠에 컹컹 박히네
하늘의 별 떨어지겠네
떨어져 부서지겠네
너 죽고 나 죽자

황등 순자

황등 돌산 뒤
언젠가 돌산 화강석 다 캐어가면
그 게딱지집도 없어져야 한다
그 외딴집
반신불구 아버지하고
딸 순자하고 살아간다

그런데 황등거리 신성옥 주인 아들 없자
그 순자네 집 가서
쌀 한 말하고
술 한 말하고 가지고 가
순자 데리고 솜리 가서
활동사진이나 보고 오겠다 해서

순자 데리고 기차 타고 가서
여인숙 합판 벽 아래
닭모가지 비틀어버리듯이 비틀어버렸으나
어디 그렇게 해서 아기 들겠는가
몇차례 그렇게 만나 서둘러보았으나
아무 소식 없자
에라 이년
네 아비한테 효도나 해라 하고
새옷 한 벌 해주고
다시 만나지 않았다

순자 그대로 집으로 돌아가
아버지하고 살아갔다
몸 망치나마나
아무 노여움도 없이
그저 돌 캐는 남포소리
게딱지집 덜커덩 울릴 때마다
아버지가 불쌍했다

황등 돌산영감

황등 돌산 임자 김영감
아들은 한량이요
따님은 노래 잘 불러
일본 유학 보낸 김영감
아들하고 겨루는지
기생집 드나들다가
거기서 아들하고 부딪쳐
너는 오늘 딴 데 가 놀아라
아니오
아버님이 추월이네 집으로 가시지요
네가 그리 가거라
아니오
오늘은 아버님이 그리 가시지요

그때 옥향이 나와 간드러지기를
아이유 이왕이면
부자가 한자리 앉아
풍류를 겨루어보시지요
아니 술 한잔 마시는 일에
어찌 부자유별이신가요
하니
여기서 마땅히 깨쳐
아버지 소리치기를
좋아 어디 네놈하고

함께 놀아나 보자

그들 매실과 난실에서
좀 큰 방 국실로 가
주안상을 합쳤다
곧 가야금산조가 흥건했다

얼씨구 좋고

팽총

팽총 잘 쏘던 순복이
그 팽총알 맞아
동네 처녀들 울음깨나 내면
처녀 어머니들
순복이 어머니한테 가 삿대질하며 달려든다
그런 날은
순복이 집에 못 들어간다
할미산 골창
오리나무 밑에서
마른풀 긁어
거기 누웠다 앉았다 밤샌다
별 바라보며
별똥 다섯 개 여섯 개 다 보내 밤샌다
그렇게도 착한 순복이
한번 팽총 들면
마구
겨냥할 데 찾는다
굶주린 개 밥 찾듯 찾는다
그래서 쏠 데 없으면
제 동생 순남이한테 쏘아
순남이까지 울린다

그렇게 자란 순복이
6·25 때 졸병으로 나가

다부동전투에서 죽어서
유골상자로 돌아왔다
그 유골상자 안
진짜 순복이 유골인지
아닌지

순복이 어머니 울음 길고 길었다

팽나무 팽열매 많이 열린 여름이었다

가사메사람

새터 가사메사람
이기탁이 마누라 가사메사람
손아랫사람한테도
하소 한번 못해보고
하오 하오 하는 가사메사람
밭머리에 버려진 깨어진 단지 하나도
그것을 소중히 주워다가
철사로 얽어매어
마른 것 담아둔다

봉숭아 심고 옥잠화 피기를 기다리는 사람
그 마음씨 좋은 가사메사람
아들 하나 낳은 뒤
산후 조섭 잘못한 뒤로
이 병 저 병 찾아와
열두 가지 병 다 앓으며
눈 지그시 내리뜨고 얌전하디얌전하게
긷던 물도 긷지 못하는 신세 되어
방고래 동무 삼고 있다가
문득 봄이 와서야
오랜만에 바깥출입
높이 뜬 솔개 한 마리 쳐다본다
높이높이도 떴그만이라우 하고
누구한테 존댓말 쓰듯 혼잣말한다

얇은 인조치마에
벌써 아랫도리 추워지며

개사리 문판수

새끼꼬기 시합에서 꼴등한 뒤
남한테 빚 얻고
처갓집 처남한테 빚 얻어
새끼 꼬는 기계 한 틀 사다가
기계 새끼 하루에도 서너 타래씩 꼬아낸다
그래서 새말 개사리 세 마을과
관여산 원당까지
개사리 판수가 꼰 새끼를 쓴다
짚만 잘 추려다가 물 적셔주면
공으로 꼬아주기도 한다
그렇게 되자 판수 형님
문일수가 하는 말
겨우내 방구석에만 처박혀
대낮 오줌도 요강에다 싸는 인간이
무슨 귀신이 씌어 저런 멍청이짓인지
하고 혀 끌끌 찼다

그런데 공짜 새끼 꼬아준 뒤
봄일 바쁜 때
판수네 일 열심으로 해주고
품삯 받아가지 않는 사람 몇이 있다
공짜로 새끼 꼬아간 사람들이다
결국 품앗이 셈이 되었다
판수 형님 일수 그때에야 동생 나무라지 않았다

그러면 그렇지 내 핏줄인데
어디 얼간망둥이 노릇이야 할라고

그런데 또 판수 아버지 세상 떠났을 때
부좃돈깨나 들어왔다
쌀 한 말도 보리 한 말도 돈 20원도 들어왔다
다 새끼 꼬아간 사람들의 답례 겸한 인사였다
큰아들 일수보다 작은아들 판수의 덕이 뚜렷했다
판수 형님 일수 노란 삼베건 끄덕일 뿐 입 열리지 않았다

화순이

고두밥 쪄 마당 가득히 널어놓은 날
부디 너 시집가지 마라
화순아
하늘에는 잠자리떼 신명
땅에는 곡식 신명
붉은 고추 지붕에서 신명
아래뜸 하루 내내 신명
굴뚝에서 연기 그치지 않는 화순이네 집
열세살 화순이 숙성하여
열여섯 화순이
부디 너 시집가지 마라
세상에 시집갈 데 없어
민며느리로 시집가느냐
네가 울며 시집가는 날
네 가마 막아서리라
네 가마 내려
너 업고 달아나리라
화순아
노래 잘하는 화순아
그 노래 가지고 가지 못한다
누에 잘 기르는 화순아
너 가지 못한다
화순아

너만 보면 안될 일도 될 듯한 화순아
네가 지곡리 황가네 민며느리라니
너 가지 못한다
너 가지 못한다

동네 길목마다 금줄 띄워
너 가지 못한다

북창 정염

그 아버지 정순붕의 탐욕으로부터
어찌 그의 아들 정염이 나왔단 말인가
이는 멋딱지다
흉물의 핏줄에
신선이라

안개 걷히는 높은 메봉우리 끝 피리소리여
젊은 날 정염의 피리소리가
곧 그것이었다

어찌 피리뿐인가
천문 지리 의술 산수 한어 유구어까지
저기 여진족 말까지
두루 통달한 사람이여
끝내 천륜 인륜 끊어버리고
술 몇말 마시고도 취하지 않음이요

만권의 책 머릿속에 차 있고
남에게 제 수명 주고
이르지도 않게
늦지도 않게 세상 떠났다

살아서도 대낮에 그림자 없었는데
죽어

어디 그림자이겠는가

그 누구의 자식인고
분명코 탐욕과 잔악의 자식은 아니로다

홍성복이

원당리 재 너머 홍성복이
젊은것이
벌써 흰머리 섞여
새치 과하구나

마흔인지 쉰인지
머리로 치면
억울하구나
억울하구나

제 아버지가 쉰인데
제 아버지 또래로
새치 과하구나

통 잠이 없어
저녁 먹고
밤중까지 일손 놓지 않고
그러고도 새벽에 일어나서
이슬밭 들어간다
이슬 젖은 풀이야 두엄자리로 가고
해 떠올라
이슬 마른 풀이야
외양간 간다

아침 새참이나 되어서야
식구들 다 먹은 뒤
혼자 밥 먹는다
밥 먹고 숭늉 마신다

어려서 말 배운 것 쓸데 없다
그저 일하고 상종할 뿐
말없이
낫에 손가락 다쳐도
아야 소리도 없이

신만순

군산에서 궁기농장으로 나오는 길
홍남동 고개 점방집 외아들 신만순이
둥글둥글한 얼굴에
어릴 때부터 턱이 좋았다
거기에 손도 좋아
어머니 몰래
동네 아이들 과자도 집어주고
가난한 아이들 잔돈도 준다
그러는 아들 만순이를
미닫이문 유리쪽으로
그의 어머니 몰래 바라본다
한참 있다가 큼큼 기침하고 나서
아무것도 모르는 척 나온다

만순아 이제 숙제 할 시간이다
내가 점방 보마

만순이 아버지 순하고
만순이 어머니 순하디순하다

세 식구가 어찌 그렇게도 똑같은지 몰라
아냐
그 집 굴뚝 연기
어찌 그렇게도 똑같은지 몰라

순하디순하게 피어오르는
만순이네 굴뚝 연기

파도소리

옥녀봉 너머 바다
거기에 빠져 죽은 사람 많건만
바람 없는 날도
가만히 있지 못하는 바다
파도소리
그 파도소리에 싸여 있는 옥녀봉
그 옥녀봉 기슭
김석태
제 아버지 용둔리로 머슴 살러 와
아버지 따라 꼴머슴인데

여기는 바다도 없고 파도소리도 없어
바다가 다 내 것이었는데
잠자다가도 깨어
파도소리 들었는데
여기는 답답해
여기는 답답해
하고 석태가 말하면
목침 벤 아버지 하는 말 있다

조금만 참자
조금만 참자
새경 받아
네 어머니 무덤 옆에

집 짓고 살자
실컷 바다 바라보며 살자

캄캄한 머슴방 부자 몸 고되나 잠 떠나갔다

진규 할아버지

까치집 옮기는 공사
늙은 미루나무 위에서 쉴 사이 없다
까치들 바쁘다
제 식구뿐 아니라
제금난 새끼도
이웃도 다 와 바쁘다
이쪽 나무에서
저쪽 나무로 집을 옮긴다
한 사흘도 더 걸려 옮긴다

진규 할아버지 그러니까 상두 아버지
동네 뒷산 돌아다니다가
돌아와 면주사 상두더러
김주사 저것 좀 보아
까치집 옮긴다
우리도 다른 데로 이사 가자
하고 졸라대는 노망든 상두 아버지
일흔세살 진규 할아버지
도리도리 얼굴 흔들어대는 진규 할아버지

손자 진규 장가간 뒤
한밤중 손자 방문 활짝 열어
네끼 이놈들
왜 문 잠그는 것 잊어먹었느냐

그리도 급했느냐
괘씸한 놈들

큰바람의 노래

큰바람이 일어나서 구름 날아오르는도다
위세를 나라 안에 더한 후
나 고향에 돌아왔도다
용맹한 병사로 하여금
사방 강역을 지키리로다

이성계가 남원땅 황산벌에서
왜구를 무찔러 다 쫓고
돌아오는 길
그의 옛 조상의 땅 전주 오목대에 올랐다
전주 이씨 종친들을 불러
개선잔치 베풀며
한고조의 시를 읊어
호기를 뽐내었다

이미 고려 왕실의 기운이 다하여
왕의 자리에 뜻을 둔 이 노래
한고조 유방이 회남을 치고 돌아가는 길
그의 고향에서
일가친척과 친지 모아
잔치를 베풀며 지어 부른 노래

거기에 정몽주도 문관으로 종군하였다가
함께 앉아 있었다

정몽주는 남고산에 올라
시를 지어 불렀다
후백제의 패망에 탁하였으나
그것이 고려의 내일이었다

하늘 끝에 해는 지고 뜬구름 모이는데
이 몸은 머리 들고
까닭 없이 개경 하늘을 바라본다

문과 무가 갈라서는 첫걸음 여기 있다
전주땅 술기운 도도하였다

육촌 금동이

술 먹지 않았을 때는
대의 빈 구멍에 들어 있는
댓속 대청같이 싱겁고
오래된 거미줄에 묻은 먼지같이
매가리 없는데
콧구멍 시원치 않아
늘 콧물이나 달아매 놓고
매가리 없는데
파리가 앉아도 쫓지 않는데
거기다가
술 한 되 들이부었다 하면
어디서 그런 사람 태어나는지
새터 상술이네 찌러기 황소보다 더 사납다
아무데나 대고 욕이 나오는데
그러나 치마하고 바지하고는 분별 있어
제 큰어머니나 동네 아낙네한테는
야 이년아
동네 남정네한테는
이놈아
이 씨부랄 놈아
그러다가 술 더 퍼먹고 군산까지 갔다가
거기서 또 술 먹고 이리까지 갔다가
이리 가서
남의 자전거 타고 가다가

쓰러졌는데
거기서 붙잡혀
절도범으로 몰려
형무소 8개월 살고 나왔다
형무소 나와
미제 방죽 물가 여기저기 돌아다니다가
마음잡아
농사에 매달렸다
술이란 술 입에 안 대지만
어릴 때부터 코 흘리던 버릇 그대로
코 흘리며
모심을 논 삶고
모심고
모심기 바쁘게 초벌김 앞장섰다
술 안 먹으니
영 싱겁다
보름달 휘영청한 밤
개 짖어도
누가 말 붙여도
말대꾸 다 두고 달 바라보았다
잠들어도 꿈꾸는 일 없다

나포 고자

군산 경포천 서래 갈대밭 지나
배달성냥공장 앞거리에는
나포면 고자가 와
붕어빵 구워 파는데
썩은 복쟁이 먹고
고자 된 고자
맛있는 붕어빵 파는데
아이들끼리는 거기 가 사먹어도
어른은 거기 못 가게 한다
이놈들아
거기 가 붕어빵 사먹으면
네놈들 장가가야 허탕이다
아들 하나도 못 낳고
딸도 못 낳는다
고자가 만든 빵 사먹으면

그러나 아이들 몰래 거기 간다
그 고자 마음씨 좋아
붕어빵 하나 달라면
둘 주고 한마디
오늘은 그만 먹어라
단것 너무 먹으면 쓴것 된단다

서래 개펄 농바리게들도 숨었다 나온다

장군리댁

방죽가 외딴집
눈짝짝이에 통나무 같은 장군리댁
누가 뭐라고 해도
끄떡하지 않는 장군리댁
순한 서방 군속에 걸려
남양군도로 끌려간 뒤
시어머니 구박으로 살판났다
다른 며느리들은
시어머니한테 끕끕수 받느라
한평생 시집살이 맵고 짠데
여기는 거꾸로 되어
시어머니가 며느리한테 쩔쩔맨다
억센 며느리 장군리댁
시어머니한테 호통치기를
요강 헹군 것이 이 모양이여
기명 치고 난 행주가 이 모양이여
이제 숫제 개다리소반 밥상도
시어머니가 부엌으로 내가야 한다
밥 먹고 나면 며느리는 낮잠 자고
늙은 시어머니는 뒷산으로 나무하러 올라간다
새끼구럭 두 개 채워오고
밥 풀 때 밥은 며느리 밥 절반도 못된다
시어머니 구박이 이렇게 심한 터라
이 소문 가근방 마을로 퍼져나가

드디어 잿정지 장정들 장군리댁 끌고 갔다
뒷산 상수리나무에 묶어놓고
네 이년 이 고약한 년
여기서 네 행실 뉘우쳐보아라
하고 하루 내내 장대비 비 맞혀두었다
하룻밤 새도록 찬비 맞혀두었다
이튿날 장정들 올라가보니
장군리댁 고개 떨구고 질질 짜고 있었다

오남이 내외

남의 일 공으로 잘 해주고
빛도 안 나게 뒷갈망 맡아주는 오남이
넉자 일곱치 난쟁이 오남이
제 서방 뺨치게도
뉘 집 궂은일 도맡아 해주는 오남이 여편네
초상났다 하면 으레 달려가
초상집 국수 삶아주고
술동이 마당에 내다놓는 오남이 여편네

가파로운 시절이라
이 집 저 집 한결같이 인색해도
오남이 집에 가면
안 내놓을 것도 내놓는다
멍석 빌리러 가서
말라빠진 굳은 떡까지 얻어먹을 수 있다
키 작은 오남이 여편네
키질하면 키만 혼자 까불지
사람은 안 보이는데
용케 알곡식만 따로 받아낸다

동네사람들 오남이 여편네더러
오남이가 언제 마누라 있던가
새앙쥐 한 마리 데리고 살지
오남이 여편네가 언제 서방 있던가

388

난쟁이 하나 데리고 살지
오남이 내외 이렇게 입에 오르내리는데도
오남이 기분 좋을 때
밤중까지 맞다듬이질도 해주는데

최전무

남도극장 최전무
피난 와서
진남포 떠나
피난 와서
제일 먼저
판잣집 면한 사람
얼금얼금 말상호에
금이빨 쪼르르 빛난다
열 개비 든 담배 피우며
한 개비 권하기도 하며
두고 온 처자 생각하다가
째보선창 피난민 아낙 가운데
함초롬한 에미나이 데려다 살건만
두고 온 처자 생각에
빈대떡집 술 마시다가
구리색 얼굴
눈물 두 줄기 빛난다
새 마누라한테 어서 가슈 하면
그게 어디 마누란가
마누라 시늉이지
새 마누라한테 미안하지 않소 하면
그 사람도
죽은 남편 생각할 시간 내주어야지

임영자

미제 용둔 원당에서
제일 아름답고 똑똑한 영자
열살 때부터 출무성하여
처녀였던 영자
원당리에서 독점 나운리 산길 넘어가면
잔솔밭 새들도 찍소리 없고
지나가던 사람들 얼결에 걸음 멈추고
그 자리 서서
무슨 말이라도 한마디 듣고 가는 영자
인민군 들어와
반강제로 여맹 간부 노릇 하며
찢어진 치마 입고 다니고
여맹 간부 노릇 한 죄목으로
이 사내
저 사내
치안대한테 욕보고 나서
혓바닥 깨물고 죽어버릴 줄이야

무덤인들 어디 있을까보냐
백도라지 피는 여름
들국 구절초 피는 가을
그렇게도 아름다운 웃음이던 영자

김도섭 영감

해질녘
거나한 도섭이 영감
관전이네 원두막 올라앉아
조무래기 쫓아내고 올라앉아
무릎장단 뒤따르며
한산섬 달 밝은 밤에

멍석 하나 펼 줄 모르고
말 줄 모르고
옥정골 신선 도섭이 영감

그 영감 마나님
종일 땡볕 불볕 아래
명아주 쇠비름 김매다가

그것도 영감은 영감이라
어디 가서 끼니나 때우는지 마는지
떠도는 영감 생각
아침저녁 찬바람 난다

싸움

중뜸 종만이 여편네
걸핏하면 밭매던 호미 들고 대드는 판이라
쇠정지 기열이 마누라
거기에 질세라
팔 걷어붙이고 삿대질깨나 하는 판이라
두 여편네 싸움 붙었다 하면
콩밭 매러 일 나왔다가
남의 콩밭 망치며
엎치락뒤치락 나뒹굴며 싸우는데

어디 이년
자식 못난 네년의 밑구멍 보자
어떻게 생겨먹어서
자식 하나 못 낳느냐
어디 보자 이년

어디 보자
자식 둘 낳고 둘 죽인 년의 밑구멍은
얼마나 험한가 보자
네년의 썩은 밑구멍 벌려보아라
이년

함께 밭매던 아낙네들
마침 일도 넌더리나는 판이라

말릴 생각 내버리고
호미 놓고
아이고 저런
아이고 저런
아이고 저런
하고 싸움 훈수나 하는데

저 건너 밭두렁에서 풀 베던
종만이가 달려와
제 여편네 머리끄덩이 낚아채어
이것이 뒈질라고 이러는가
하고 잡아끌고 가
새끼똘물에 물꼬잡이로 처박아 물 먹였다

만
인
보

6

萬
人
譜

성계육

옥구군 옥구면 어은리 황새봉 무당 최말동이는
관운장 모시고
해동 최영 장군 모신다

눈알 툭 불거진 최영 장군
들 건너
월출산 염불당 사천왕과 마주한 형국인데
그 최영 장군 앞에
재 올릴 때
큰 도야지 머리 진설한다

저 건너 가난뱅이 절 사천왕도 잡수라고
그쪽으로도
마른 명태 서너 마리 돌려놓는다

장군어른
장군어른
성계육 잡수시고
부디부디 가련한 이 대주
소원을 들어주사이다
안 들어주시면
어찌 섭섭하지 않겠나이까
부디부디
대주 소원을 들어주사이다

성계육 한 점 떼어 잡수시고
대주 소원성취 들어주사이다

성신말법 한 권 뗀 적 없고
언문 한 자 읽지 못하고
작두춤도 못 추고`
신도 신답게 내리지 않았는데
그런 최무당이 굼떠 빌어
소원성취 안된 적이 없다 하여
일설로는 영검 많은 장군님 모셔서 그런다 하고
일설로는 최무당집에 대는 도야지 대가리에
재수가 눌어붙어 그렇다 한다

성계육이라
태조 이성계 고깃덩어리라
그렇지 최영 장군 앞에
성계육이 옳도다

옳도다 여기 조선 오백년 밑바닥에 흘러
이성계가 죽인
최영 장군의 원한 서려 있음이여
최영의 고구려 옛땅 회복노선에
이성계의 사대노선 맞서
고토의 원한 서려 있음이여

오백년 백성 도탄의 뜻이 숨어 있음이여

최말동이 징 앉혀라
징 쳐라
최영 장군이 납신다
징 쳐라
사설 늘어놓아라
최영 장군이 납신다 납신다

관여산 조봉래

늘 우는 소리
윗방 흙바닥 나락 여덟 가마나 쟁여두고
아이고 뭘 먹고 살 것인가 하고
우는 소리
누가 인기척 내며 마당에 들어서기가 무섭게
아이고 목구멍에 거미줄 칠 날이
내일모레여 하고
누가 양식 꾸러 온 것도 아닌데
지레짐작으로
두 끼 굶었다고
물만 먹고 앉았다고
남우세 모르고
우는 소리
임오년 계미년 모진 시절이건만
관여산 위아래 마을 어느 집도
그런 봉래네 집으로
양식 꾸러 가지 않았다
양식은커녕 삽 한 자루 빌리러 가지 않았다
온 동네 짬짬이로
조봉래 따로 돌려놓아버리고
어디 보자
봉래 너 아쉬운 때 있으리라
부엌 아궁이 재 가득해도
당그래 하나 못 빌리고 울 날 있으리라

400

혹부리

큰집 큰당숙 필수 양반은 혹부리
큰 혹에 작은 혹까지 새끼쳤다
옥정골 전창배도 어중간한 단호박만 한 혹 달려
용둔리 필수 양반 혹부리하고
옥정골 혹부리하고
바우배기 갈림길에서 마주치면
허허허 웃음 안 나올 수 없어
성님 혹 잘 달고 다니셨그만이오
어이 그간 자네도 잘 달고 있었그만그려
서로 지게 받쳐놓고
서로 혹 한번 만져보고
허허허
그 막막하고 허한 때
일제말 놋그릇 씨도 없이 걷어갈 때
굶어 죽어나간 사람
수의도 못 얻어입고
상여도 못 타고
할미산 넘어 묻혀버릴 때
어디서 그런 흐벅진 웃음소리 나오는가
허허허허
허허허
옥정골 혹부리 창배야말로 혹 하나 빼면
그 잘난 얼굴 영락없는 한량인데
그러나저러나

혹 달렸다고 무슨 뾰족한 수 있겠는가
그저 남보다 한 가지 더 있을 뿐인데
어떤 무정한 사람 말하기를
저 혹쟁이들 배고프면
혹 떼어 구워먹을 수 있어 좋겠네

입분이

새터 입분이
연지곤지 없어도
반달눈썹 입분이
물동이 이고 가면
동네 막둥이들 못 견디게 날 저물었다
어려서 수저 짧게 잡더니
고개 너머 옥정골로
시집가서 잘살더니
송아지 길러도 소 잘되고
돼지 길러도
돼지 잘되다가
제 아이 배었다

아이 낳았으나 죽어나왔다
시어머니 벼락 떨어져
짐승 너무 좋아하더니
네 새끼 죽어나왔다
친정으로 넘어가거라
너 이년
우리 집안 손 끊을라
어서 넘어가거라
자주색 보따리 들고
울며 돌아오는 날
동네 총각들

보리타작하다가 일손 놓았다
입분이 온다
입분이 온다

천서방

이발기계 한 틀 있어
귀 빠졌으나
제깡재깡 한 틀 있어
새말 구석말 사람들
개사리사람들 머리 다 깎아주는 천서방
한가위 가까워오면
미제 용둔까지 논길 건너와
머리 깎아주고
원당리로 넘어가 머리 깎아주고
8월 열사흘 나흘에야
새말로 돌아가
제 마을 사람들 머리 깎아주고

머리 하나 깎아주면
어른은 20전
아이는 10전
돈 없으면 외상인데
외상이야 받아도 그만
안 받아도 그만

농사 없는 맨집이라
그렇게 번 돈으로
쌀도 팔고
실과도 사다가

한가위 아침
증조할아버지 할머니
할아버지 할머니
아버지 어머니
조실부모 자식으로
제사상 차려
제사 지내고 나면
제사상 한쪽에 이발기계 놓아두고
거기다 큰절 하나 바친다

새말 뒷산 칙칙한 솔밭 올라
한가위 꼬까저고리 입은 아이들 노는 것
소나무 사이로 바라본다
무엇이 그리 좋은지
혼자 실실 웃음 흘리며

여름 내내 흘린 땀 다 씻은 한가위
더도 덜도 말고 한가위만 하여라

저녁 배불리 먹고 나와보아라
동쪽 들녘 위
두둥실 떠오른 보름달
더도 덜도 말고 보름달만 하여라

임방울

춘향가 옥중가의 한 대목인즉
쑥대머리 귀신 형용 찬방 옥방의 찬 자리에…

여기 임방울 으뜸의 더늠 있으매
그가 크게 떨치며 쏟아져 나오는 육자배기는
또한 그가 쓰러지기까지 따라붙어 쏟아져 나오는 소릿속이매
좋구나

어린 시절
하늘의 뜬구름 부럽기만 하고
이내 가삼 사무치는 신명
어이할 길 없으매

감발하고 팔도강산 떠돌았다

그의 천구성의 상성 하성 울리려고
그의 수리성 곰삭는 소리 울리려고
어둔 까대기 소리공부로
팔도강산 떠도는 소리로
가는 데마다 홀린 고무신짝 널리고 미친 방석 날았다

마지막 무대 김제땅에서
이 소리 건너뛰어
저 소리 건너뛰더니

눈빛 풀어져 쓰러진 뒤

명창 있거든 반드시 귀명창 있나니

오늘이라고 어찌 임방울이 죽고 없다 하겠는가
이쁜 계집 앞에서는
허리 다디달게
이히히히히 웃어대던 그 사람

두희종 영감

집에 양식 떨어져
늙다리 마누라 걱정으로 땅 꺼져도
허허 하늘이 가만두지 않으실 테니
너무 걱정하지 말더라고

항상 남 듣기 좋은 소리만 하는
두희종 영감
아 자네네 쇠꼬리
어쩌면 그리 멋들어졌는가
한번 꼬리 치면
그게 열두 상모지 어디 쇠꼬리인가

아 자네 마누라
어쩌면 그리 얌전하디얌전하신가
그래서 자네네 장독대 항아리마다
그렇게도 장 가득 노래 가득 아니던가

아 자네네 형제 할 것 없이
사돈의 팔촌 할 것 없이
어찌 그리 두루두루 풍신 좋으신가
자네네 형제 거동하면
그거야 청학동에서 내려오는 신선 뺨치겠네

이런 소리야 돈 안 들어도

듣는 사람 좋고
하는 사람 좋고
멀찌감치 내려다보고 있는 구름마저 좋고

그래서인가 희종 영감
그런 말공덕으로
흰머리 다시 검어져

희종 영감한테 괜히 뿔나는 태식이 아범
한마디 내지르기를
자네 주둥이 덕에
머리 젊어졌네
이에 대꾸 나오기를
허나 머리만 젊어지면 뭘하나
수염도 수염 밑도 젊어져야 하지
자네는 어떠신가

태식이 아범 홱 돌아서버렸다
희종 영감 까치 짖는 것 바라보며
아 너희들 울어야
우리 동네 귀인 오신다
자꾸자꾸 울어라
우리 손자도 너희들 좋아한다

효부

미제 김재득 영감 콧수염 울창하여
술 마실 때도
입이 마시는 게 아니라
수염이 마신다
그 술고래로 기어이 몸져누워
며느리 약 달이는 삼발이 앞에서 떠날 날 없다
하도 아버지 약만 달이니
마누라 보기 민망하던지
재득이 영감 아들 기철이
제기랄 내 마누라 노릇보다
며느리 노릇 하러 시집왔그만그려

비녀 단정히 꽂고
앞치마 날듯 두른 새 며느리
약 달이는 삼발이에 덴 손
한번 꼭 잡아주고 싶은 시아버지 재덕이 영감
그러나 앓는 소리 낼 뿐이다

그 어림없는 시절
고기도 간지러움 타던 갈비고기만 찾는 영감
옥수수도 첫물 아니면 안 먹는 영감
쥐뿔도 없으면서
격이나 찾는 재득이 영감

며느리 뒷모습 쳐다보는데
등때기 눈길 뜨겁던지
뒤돌아다보다가
방문턱 베고 누운 시아버지 눈길과 마주치자
후닥닥 일어나다가
삼발이 쓰러져 다 된 약 넘어졌다
다행히 약탕관은 깨지지 않았다

서방 기철이 풀짐 지고 꿍 들이닥쳤다
비지땀 번들번들한 말복 무렵

쌍가매

산북리 이발소집 딸 쌍가매
머리에 쌍가마져서
이름도 쌍가매
숨바꼭질 재빠르고
줄넘기 잘하고
이쁜 혓바닥 얌 내밀어
보고리도 잘 채는 쌍가매
계집애하구서는 담 하나 차
뱀도 잡고
개구리도 잡고
남의 집 개도 무서워하지 않고
일찍 글 배워
유충렬전도 읽어주는 쌍가매
순 무식꾼 할아버지
유충렬전 들으며
내 손녀 내 손녀 한다
제 아버지가 이발장이인지라
항상 단발머리 곱디고운 쌍가매
그러나 누구 보나마나
한길 걸어가다가
오줌 마려우면
치마 걷고 주질러앉아 물소리 낸다
하늘도 알아주는지
마른번개 쳐주며 번쩍한다

413

박춘보

귀섬 뱃사람 박춘보
질끈 머릿수건 동여매고
용왕제 지낼 때도
머릿수건 동여매고
배 타고 떠날 때도
마누라한테 한마디 남기지 않는다
저만치 떠난 뱃전에 서서
뒤돌아다보지 않는다

거친 물 위에서 사는지라
말도 잊어버렸는지
정도 잊어버렸는지
돌아와도 그 곧은 창자 굽이칠 줄 모른다
춘보가 이런지라
춘보 마누라도 닮아가는가
먼바다 위 서방도 말 없거니와
귀섬 집 안 마누라도 말 한마디 없다

옆집 어부 홍술이네 집에서
울타리 넘어오는 홍술이 마누라 구시렁거리는 소리
게다가 그 집 암탉 고골고골 구시렁거리는 소리
저만치 언덕 위 동백꽃이야
그따위 소리보다
파도소리하고 놀고 있다

형제 머슴

산북리 너머
불이농촌 일본집
쿠마모또농장 형제 머슴
기동이
기주
어찌나 일본 주인에게 충성스러운지
모심는 날
점심밥으로 주먹밥 내왔다가
남은 것은 영락없이 도로 가지고 가
일본년 안주인에게 바친다
누군가가
왜 자네 형제는
같은 조선사람한테 섭섭하게 하는가
하고 타이르면
조선사람은 잘해주어야
해줄 때뿐이지
하고 절반은 일본사람 되어 뽐낸다

지겟짐도 딴 사람 두 배 진다
해 뚝 떨어져 캄캄하도록
일손 놓지 않는다
그런 날 밤중에는 과자 한 접시 나온다

일본말도 어느새 익혀

아노
아노네
아노
아노네

아래도 이런 사람
위도 이런 사람
이리하여 조선은 일본의 머슴이었다
천장절 히노마루 나부끼는 날
조선 하늘의 닛뽄바레 푸른 하늘 아래

춘자

군산 히빠리마찌
놀다 가
놀다 가
잡아당기는 갈보굴
거기에는 입이 커
얼굴에는 입만 달린 춘자 있다
그런데 춘자는 숫총각만 노린다
숫총각이라면 술값만 받는다
어쩌다 벌벌 떨며
얼굴 새빨개지는 숫총각 걸리면
아이고 어젯밤 용꿈 꾸었더니
진짜배기 숫총각 걸렸구나
하고 어깻짓 요란하다
그러나 숫총각이라고 했다가 아니면
그 사람은 뼈도 못 추리고 나와야 한다
이 자식아
하필 해먹을 짓이 없어
숫총각 사기쳐 먹어
그렇게 있는 것 없는 것 다 털리고 나와야 한다
나오는 등짝에 굵은소금 한줌 뿌려
너 같은 자식 다시 오지 마
하고 욕 퍼부어댄다
그러나 진짜배기 숫총각이면
사랑 끝내고

417

네 친구 데리고 와
너보다 더 어린 놈 데리고 와
그러면 내가 언제든지 공짜 줄 테니
목쉰 소리
붉은 입술 짜가사리 입술
사내란 사내 다 잡아먹는 입술

그러나 춘자 방으로 들어가면
촛불 밝혀놓고
밤 대추 나누어먹고
신방놀이를 한다
그러고 나서
너보다 더 어린 놈 데리고 와
그러면 돈 없이 와도
언제든지 내가 술 주고 다 줄 테니
나는 헌 사내 진절머리 난다
그것들은 싸가지없고 더럽고 의리 없다
그것들은 사기꾼이다
숫총각 봉지 뜯은 뒤로는
사내는 다 그렇고 그렇단다
너도 그럴 것이다
너도 그럴 것이다
이 숫총각 봉지 뜯긴 자식아

신자

군산 히빠리마찌에는 신자 있다
나이는 서른네살
그토록 하고많은 날
거친 사내 상대해오건만
늘 어머니 같다
사촌누나 같다

오늘밤도 하나 술고래 걸려들어
이봐 이봐 어서 벗으란 말이여 뻗으란 말이여
이렇게 막 굴러먹어도
신자 지그시 반가워하며
나에게는 손님이 손님 아니여
내 낭군이여
내 정든 서방이여
하룻밤 풋사랑은 사랑 아닌가 뭐

곱게 개둔 이불 펴고
나는 이때가 제일 좋아
행복 행복 해도
이때가 제일 좋아
요 깔고 이불 펴는 때
이때가 제일 행복해
해웃값 좀 모자라도
괜찮아 꼭 돈을 받아 맛인가

오마 저 뱃고동소리 들어보아
저 소리 들으면
이별도 사랑도 옛날 일이여

바로 가지 말고 자고 가
내일 새벽 깨워줄게
양말도 빨아 말려줄게

눈썹 없어 그린 눈썹 구슬프며

이삼만

명필 이삼만
그야말로 백성의 명필이라
그가 쓴 입춘방으로
일년 내내 뱀 안 들어오지
일년 내내 노래기 못 나오게
이삼만
이삼만
이렇게 써서 여기저기 붙여놓으면
노래기 못 나오게 되지

글씨 쓸 테면 이만치는 써야지
명필 이삼만

그러나 어디에 이삼만 칭송 남아 있는가
될 테면
이만치는 자취 없어야지
전주 명필 이삼만
백성 명필 이삼만

양녕대군

살아서는 임금의 형이요
죽어서는 부처의 형이라

하기야 부처가 일곱 천속에 나가떨어졌으니
그까짓 형이 된다고 대수랴

술 잘 먹고
계집 잘 보고
건달 노릇 잘하고
그런 공부로 부처의 형이라

진달룽이

미제 진달룽이
몽니쟁이
남의 말 곧이듣기는커녕
진씨 집안 어른의 말도
통 들어먹지 않는 고집불통 진달룽이
머리는 솎아내야 할 만큼 칙칙하고
한치 이마빡 답답하다
어찌 그리 몸뚱이는 무쇠인가
아무리 큰병 퍼져도
그 병 걸려보지 않았다
병도 피해간다
그 아비에 그 자식이라
진달룽이 막내놈도
영 말 듣지 않아
아버지가 담배 한 봉지 사오라 보내면
그 심부름 까먹고
실컷 놀다가 밥 먹을 때에야 돌아온다
그 아버지하고 그 자식이라 한바탕 소리난다
그럴 때면 꼭 이웃에 말주비 있다
진달룽이네 집에 가
성난 달룽이 말리고
입 다문 달룽이 막내 달래며
괜히 참견하며
그 집 모기 뜯기고 온다

달봉이

진달룡이 누님
달봉이
시집갔다 소박맞고
친정 와서
친정어머니하고 윗방 차지하고 살며
올케 조지는데
올케 걸고넘어지고
올케 모함하는 데 앞장서는데

허리 한번 두툼하여
절구통이라 하는데
고집불통 동생이 져서
가겟방 하나 차려주었는데
1전짜리 눈깔사탕을
2전 받고
10전짜리 북어를
명절 때 22전이나 받고 하다가
끝내 그 못된 장사 걷어치우고
다시 올케 조져대는데

눈두덩 푸르딩딩해서
입술 두껍고 푸르딩딩해서
사내 씨앗 아무도
그 달봉이 가까이 가지 않는다

424

어쩌다가 용둔리 상렬이가
싱겁게시리
그 달봉이하고 몇마디 주고받다가
아이고
그 사람한테서 무슨 냄새가 그리 고약한지
맞어 인내여 인내
사람냄새

신새벽에 깨어
동생 내외 자는 큰방에 대고
대곤이 엄마
아니 무엇하느라고 아직 안 일어나

남의 곤한 아침잠부터 망치는 달봉이
이런 사람도
이 세상 살 까닭 있어
결코 약해지지 않고 살아간다
미제 달봉이 살아간다

진달롱이 어머니

모자람 없어라 딸이고 자식이고
그렇게도 고르고 골라
물싼 것만 골라 낳아놓았다
그러고도 모자라
할망구 자신이 못난 짓 골라 하는데

미제 아랫말 김재홍 영감네 소실댁이
보약에 독 넣어
제 영감 죽이려 했다고
그 약에 은숟갈 넣어보니
은숟갈이 시커멓게 변했다고 모함하여

김재홍 영감의 본처 소생 아들딸 모여
아버지 소실 몰아내게 하고 말았다

불면 쓰러질 듯한 여자
걸어갈 때도
제 신발코만 내려다보고 걸어가는 여자
목백일홍 고깔꽃처럼 핀 시절
보따리 하나 못 가지고
빈손 반팔짱 끼고
미제 부잣집 첩살이 쫓겨가는 여자

사람이 힘 못 쓰면 제 몫을 다하지 못하나보다

426

그녀 고향 백마강 부여
여기서 거기 멀기도 멀다

송만복이

중뜸 송만복이 굶어도 장사인데
군산 서래 씨름대회에 나가
살구 한 바구리 먹고 나가
황소는 빼앗기고
중송아지 한 마리 타왔다
1등 장사 밑도는 씨름쟁이
지게질만 하다가
3등 아니면
등외 차지하고 씁쓰레 돌아오는데
어쩌다 이번에는 중송아지 몰고 왔다
한 달만 쌀밥 먹고 나가면
1등 틀림없는데
먹는 것이라고는
늘 나물죽 아니면 밀기울 개떡이니
씨름판에서 두어 판 샅바 겨루고 나면
어느새 뱃심이 쑥 빠져
아랫도리 마구 떨린다
그러니 씨름판 나가보았자
늘 밑돌다 말고
남 좋은 일 시켜주고
남 좋아라 징 쳐주고 오는데
이번에는 중송아지라도 한 놈 탔다

자 다시는 씨름판 안 나간다

송아지 한 놈으로 분 풀었다 안 나간다

동네에서야 싸움 한번 하지 않는다
성품 느긋하여
1등 못하고 3등짜리다
1등 못하고 3등짜리다
하고 골려먹어도
어디 성낼 데 없이
얼굴에 아무것도 그리지 않고
무심이다

무심이야
바람 없는 날 까딱할 줄 모르는
버드나무 꼭대기 잎새하고
송만복이하고

기호 할머니

보통사람 셋을 합쳐 만들어야
기호 할머니 하나가 된다
어기적거리며 조금만 걸어가도
숨가빠
많이 걸었다 쉬어가자 한다
생모시 적삼 속 옆구리 살 푸짐하다

큰제사 작은제사 하도 많아
첫가을 멍석에 고두밥 쪄 널어놓고
새가 먹으랴 개가 먹으랴
고두밥 지키다가
스르르 졸아
푸우 코 골고 입 골다가도
언제 새 내려앉은 것 알아차렸는지
눈떠 후여후여 한다

가사메 전씨 가문에서 시집온 지 45년
이제 친정은 어떻게 생겼는지도 모른다
할미산 아래 선산 김씨네 귀신 45년
조금만 걸어가도
숨차
아이고 앞에서 바람 부니 못 가겠다
바람 자면 가자

그러나 덕담 잘하고 인사 잘 받으나
찬밥 한 덩이 성큼 주지 않는다
비록 쉬어터져
쉰풀 쑤어 버릴지라도

하기야 그 뚱보 할멈 개밥 주는 것 보면 알지
송아지만한 개한테
한 종발 주고 만다
아이고 부잣집 개 배고픈 줄 누가 알아주는가

김규식

운양호 포격 사건으로
일제가 이 땅에 발을 디디기 시작할 때
이 땅에서는 도적이 끓어
각처 명화적 요란할 때
아버지도
어머니도 진작 죽어
하늘가 고아로 자란 사람
그가 눈 큰 김규식이다

그 고아가 선교사 손에 자라
미국 유학을 하고
돌아와 연희전문 교수를 하다가
1918년 모스끄바 원동약소민족대회에
조선 대표로 참가함으로써
그의 풍운이 열린다

상해 임정 요직을 역임했으나
한때는 무력노선에 나아가
대한독립단 고려혁명군 조직에 참가한다
1930년대 민족혁명당 창당
1940년대 임정 부주석
해방이 되어 김구 일행과 돌아왔다
신탁통치 반대 선봉에 섰다
입법의원 의장이 되었다

그러다가 단정 반대로
민족 분단을 막기 위해
남북 협상에 나섰다

자유주의였다가
혁명주의였다가
개방주의였다가
절충주의였다
그 국제신사는 늘 건강이 나빴다
그 때문에 그의 노선이
덜 뜨거웠다

6·25 당시 납치되어
황량한 전쟁의 시대
압록강 만포진에서 죽었다

객지에 오래 있으면
고향이 그리운 시인이 되는 것인가
그에게 영문시집 한 권이 있다

눈 큰 사람
양복 조끼에
시곗줄 늘어뜨린 사람

당북리 혹부리

당북리 혹부리 권오식이
만만치 않은 입심이라

왼쪽 볼에 척하니 하나 매달린 혹이라
동네 어른이 심심하던지 한마디
자네는 소 뒷다리 밑에 달린 것을
얻어다 달고 다니나 하자
영감님은 남의 불알 떼어다
차고 다니십니까
그것도 하나 아니라 두 개씩이나
괜히 한마디했다가 본전치기 못하고 말았다

말대꾸에 보리까락 들어가는 권오식이
그러나 저 혼자야 한없이 싱거운지라
한번 지게 받쳐놓고
지겟짐 그늘에 들어가 쉬기 시작하노라면
햇빛에 그늘 옮겨가는 대로
옮겨 앉아 일어설 줄 모르는 권오식이

눈앞에 두벌 김맨 검푸른 모 자라
왜가리 따위 앉을 데 두지 않는데
벌써 이른벼 나락 모가지 여무는데
찰벼 사납게 패는데

왕눈이 가시내

구지렁물 괴었다 흘렀다 하는데
그 구지렁물에 붙은 집 왕눈이 가시내
눈만 뺑 뚫려 겁 많이 들어 있다
눈에는 눈빛도 가라앉아
누구를 쳐다보는지 모르겠다
그 왕눈이 가시내
호적에는 늦게야 올렸는데
호적계 서기가 왕자라 지어
문왕자렷다

아버지가 돈 벌어온 뒤
그 가시내 팔자 고쳐
뉴똥치마 실바람에도 하늘거리며
길 나선다
신세가 좀 나아지자
괜히 큰 왕눈까지 이쁜 것 되어
할미산 너머
진달래 꽃봉오리 하나둘 맺는 것 바라보며
아이고 추워라
하는 목소리에도
옛날 기어들어가는 목소리 어디 가고
힘차 드높았다

왕눈이 가시내

팔자 고쳐
닷새마다 물 데워 목간하는 가시내

육복술 씨

별의별 짓 다 해보고 나서
깡패 두목까지 하고 나서
이제는 나이 지긋 쉰살 넘자
군산극장 사장으로 앉아
석탄난로 앞에서
불이나 쬐며
지난날 치뜨던 눈초리 그대로
담배연기 동그라미나 만들어 올리며
당찬 몸 가죽잠바 그대로
호령할 때가 살맛이라
술 먹어도
기생 열 명 둘러앉히고
무슨 멋인가
혼자 앉아
술 받기에 바쁘다

극장 사장이지만
영화 하나는 질색이다
시시하게시리
영화나 봐
눈물 짜는 계집년들이나 보는 걸
내가 봐

그러나 영화 상영시간만 가까워지면

2층 사장실 창으로 내려다본다
영화 보러 오는 사람들 보고 세 마디
저게 다 돈이라 돈
그러나 잔돈푼이여
아무짝에도 못 쓰는 잔돈푼이란 말이여

나운리 방앗간집 마누라

미룡리 신풍리 사이
나운리 방앗간집
방앗간은 헌 집 사서 자꾸 달아내고 올리고 하여
이층인지 삼층인지 모르고
두 채인지
몇 채인지 모르게 늘어나기만 한다

그 방앗간집 주인 영감은
방앗값 떼어내는 데 귀신이라
한 말 떼면
그게 한 말가웃이다
그렇게 부자 되어 무엇하나
밤이나 낮이나
방앗간 먼지 속에서
누구 하나 못 미더워라
눈에 불 켜 달고
여기저기 두리번댄다

손수 아시 찧은 쌀 살펴보고
발동기 용수철 기름칠하고
언제 안채 들여다볼 겨를 있는가
겨우 늦은 점심에
소금김치 한 가닥 얹어
쌀 보리 섞은 밥 뚝딱 먹고 나면

담배 한 대 물고 나와버린다

그런지라
안채 마누라는
노상 얼굴 단장이나 하고
머리 가르마 짜르르 미끄러진다
뒤에서 보면
이게 어느 청루 기생인가

어여쁜 낭자 지어
분냄새에 대낮 모기 운다
바깥 방앗간 영감과 15년 차이라
저 혼자 나선 길
군산 희소관 가서
일본 활동사진 보고 오는 길

그래도 미안스러운지
영감 주려고 궐련 두 갑 사온다
영감은 그냥 봉지담배 뜯어
종이에 말아 피우는데

광개토대왕

나 임금이란 임금은 도적이라
모조리 저주하는데
오로지 저 대륙의 호태왕 한 사람 사랑하노니 사랑해 마지않노니

대륙국가 고구려는
각 고을 원조차 군장으로 삼아
언제 어디서나 외적에 맞서야 하는
말 탄 군사의 나라였다
그리하여 고구려의 시인조차
눈물보다는 분노의 가치를 섬겨
사내다웠다

고구려 있음에 명예의 함성이여

이로써 호태왕 광개토대왕으로 하여금
고구려는 중국땅 수와 당보다 큰 나라였으니
이 이전에도
이 이후에도
이런 큰 나라인 적 없음이여
큰 것이 꼭 좋은 바 아닐지라도
대륙 지평선 끝에 말뚝 박은
이 족속의 영광이여

그뒤 몇천년 동안

임금이란 한낱 제후에 지나지 않는
동쪽 반도의 작은 벼슬아치였다
그것은 임금이기보다
아니 제후이기보다
한 지역 매판의 내시였다

고구려

단 한번 그런 일이 있다는 사실로 하여금
고구려

광개토대왕의 비문 비바람에 문드러지고
어느 놈
좀도둑놈의 정에 맞아 일그러지고
압록강 이북 집안땅
그 땅에 귀기울여보아라
엎어져
그 땅속 깊이
고구려 사내 달려가는 함성 들을지어다
그러고 나서
씨근벌떡 일어서라

월명동 미인

군산 월명산 밑 월명동은
언제나 인기척 귀한데
집집마다
사람이 사는지 안 사는지
하기야 삼일절 날 늘어진 깃발도 적적한데
그런 주택가 가로수도 심심하기 짝이 없는데
어쩌다가 미면 소달구지가
멋모르고 그 거리 들이닥쳐
쇠똥 질턱질턱 싸놓으며 지나간 뒤
그 쇠똥 꼬들꼬들해질 무렵
저녁나절
그 누가 보아야지
그 누가 보아야지
월명동 미인 카네무라 히사꼬
양산 받고 바람 쐬러 나온다
소문으로는 몹쓸 병 걸려
죽는 날짜 받아놓았다 하나
그렇게 기다리기를 몇년째라 하나
세월이 갈수록
그 아름다움 무르녹아
그 히사꼬 한번 보면
그날 하루 내내
다른 것 보아서는 안된다 눈 버린다
그 깎아 박은 듯한 콧마루

그 코 아래

검은 점은 일부러 찍은 점이라거니

태어날 때

삼시랑 할머니가

보름달에 푸접하라고 찍어준 점이라거니

그 히사꼬 지나가는 거리

이제까지 그렇게도 적적하다가

이 집 창 드르륵 열리고

저 집 창 열리고 열려

월명동 미인 구경하는 늙은이 있고

일찍 돌아온 사내 있고

덩달아 휘익 휘파람 부는 아이도 있어

제 동네 미인한테 온통 눈팔고 있다

한 눈이 아니라

두 눈 다 쏘옥 팔아버리고 있다

벌써 시청 쪽으로 가고 없다

월명동 미인

못이 되었으면

그 미인 치마라도 걸어두는

못이 되었으면

기선이

용둔마을 태선이 동생 기선이
형은 타고난 건달에다가 쌈꾼인데
늘 때리고 이빨값 물어주어야 하는데
하는 짓마다 홀어머니 가슴에 못 박아대는데
홀어미 자식
홀어미 자식

그런데 동생 기선이는
한구멍에서 나왔건만 형하고 다르다
이른 아침
남새밭 배추벌레 잡아주고
논에 나가 물꼬 단속하고 돌아온다
학교 갔다 와서도
복습하고 나면
집 안팎 풀 뽑아낸다

어릴 때 죽은 아버지
제삿날 돌아오면
며칠 전부터
무덤에 가 벌초 거듭하고
집 안팎 청소하고
산에 가 황토 파다가
문밖 길 뿌려둔다

그리하여 제사 당일
어둑발이다 싶자마자
장명등 밝혀놓는다
처마밑 새집머리에 매달아
멀리멀리 저승에서
제사 받으러 오는 아버지
어둠길 밝혀놓는다

개는 안다
개는 귀신 오는 것 안다
그래서 제삿날 밤
그렇게도 자지러지며 짖어댄다

그런데 귀신에 앞서
오랜만에 집에 오는 쌈꾼 태선이였다
하도 오랜만이라
집에서 3년째 키우는 개도 몰라보고 짖는다

재근이

새터에 새로 여섯 칸 집 지어
재근이 부모 산다
산등성이 수박구더기 파
수박 심고
밭에 참외 놓고
개구리참외 놓아
한여름 나면 부자 된다
그래서 재근이는
아예 서울 가서 중학교 다니는데

여름방학에 내려오면
저 혼자 오지 않고
꼭 서울 친구 데리고 와
여름 내내
원두막 수박 먹으며
냇물 막고 품어
고기 잡아먹으며

내려올 때는 하얀 얼굴
올라갈 때는 검둥이가 된다
코가 고드름 위토막같이 커서
코쟁이 재근이
일본신 게다
굽 높은 게다 신고 으스대며 걸어간다

산에 올라가
둘이 노래하고 내려온다
그러나 책은 떠들어보지도 않는다
사실인즉 재근이 낙제 두 번이나 해서
낙제생인 줄 누가 알기나 하나

결국 재근이 누이하고
그 서울 친구하고 일 저질러져서
그 일 탄로나자
재근이하고 재근이 친구 담판했다
어거지로 결혼시켜
누이가 먼저 시집갔다
서울로 시집갔으나
각방살이 독수공방
시집가나마나
차라리 죽어버리고 싶었다 서울이 지옥이었다
재근이 누이

오줌싸개

옥정골 논말 고석종이 아들 승배란 놈은
다섯 낳아 다 잃고
딱 하나 건진 놈이다 귀한 놈이다
되디된 가난에도
명절 때 색동저고리 해입혀
동네 아이들도 색동저고리 해달라고
제 어미 울며불며 졸라댔다

그 승배란 놈 명절 때 색동저고리로 어림없어
여기저기 데리고 다니며
명 이으려고
산어머니 삼고
산아버지 삼고
그것으로도 모자라
수양어머니 겹쳐
그런 부모만 몇쌍이 됐다

그런데 그 승배란 놈
갓난아기 때 이래
열다섯살 되어도
바짓가랑이 푹 젖어버리는 오줌싸개다
입깨나 건 안동네 아주머니들
그놈 달린 것 값 못하느니 잘라다 묻어야지
그놈 산어머니 수양어머니 대신

오줌똥 어머니 삼으러 가야겠네 하고 익살떤다
그러나마나 승배 어머니
제 자식 끔찍하게도 귀한 줄밖에 몰라
다 커서
번번이 오줌 싸도
장가가서는
네 마누라가 바지 벗어 빨아주면 될 것이여

그 승배란 놈
옥정골 논 건너 앞산 급한 비탈 아래 자라나서
스무살 채워서야 겨우 오줌 가릴 줄 알았다
칠성님 전에 빌어 난 자식이라
얼굴에도 점이
일고여덟 생겨났고
염불하여 난 자식이라
말하는 것도
꼭 중얼중얼 궂은날 염불소리 어슷비슷
무슨 소리인지 알아들을 수 없는
반벙어리 말 중얼거린다
이름도 칠성이라 했다가
큰아버지가 말려서 승배가 되었다
아서 칠성이 하도 쎘는데
아서

그런데 그 승배란 놈한테도 세월이 흘러
사모관대 하고
노새 타고 장가가는 날
동네 아낙네들
아 오줌 싸고 가야지
가서 싸면
신부가 놀라자빠지네
하고 큰 소리도 말해도 못 들은 척
제법 사또 행세로 허리 떡 펴고 갔다
나비 많이 까불어대는
3월 하순
보리꽃 나와
바람 먹는
3월 하순

외사촌 용섭이

외삼촌이 첫마누라하고 헤어져
거기서 낳은 아들
어미 없이 자라
걸핏 큰 눈에 눈물이 그렁
한번 앉으면
언제까지나 그렇게 앉아 있을 따름
먼 데도
가까운 데도
바라보지 않고
막연히 앉아 있을 따름
찬밥덩어리 먹은 뒤
빈 밥그릇에 파리 다닥다닥 붙었는데
그냥 앞도 뒤도 없이 앉아 있을 따름

어린 최용섭이
이미 열살부터 늙기 시작하여
그냥 앉아 있을 따름
미리미리 늙은 최용섭이로 앉아 있을 따름

점례

늦여름 왠지 섭섭할 때
그렇게도 지긋지긋하던 더위
어딘가 모르게 물러가기 시작하면
어딘가 모르게 시원섭섭할 때
저녁때 점례 물 다 길어놓은 뒤
분꽃씨 받아
확에 넣고 빻아두었다가
그 하얀 가루 숨겨두었다가
저녁 먹고 나서
다 자는 밤중
저 혼자 얼굴에 물분으로 개어 바른다
낮에는 억척으로 일뿐인데
밤에는 얼굴 단장 정성껏 한다

알고 보니 점례 어머니가 시킨 일이다
계집이 사내한테 갈 나이 되면
그 사내한테 무뚝뚝한 것보다
정성껏 가다듬은 얼굴로 웃는 게 낫다고
어머니가 시킨 일이다
그래서 그런지 몰라
점례 혼사 쉽사리 이루어져
꼭 말발굽소리 달려가며 남기는 바람 같은
그런 바람 내며
성큼성큼 재 넘어온 총각 부리부리한 눈에 딱 들어

총각 아버지나 중매쟁이 곁들인 어머니 막설하고
직접 그 총각이 들이닥쳐
내 각시 될 사람 내가 보아야 한다고 와서
나 시악시가 마음에 꼭 드는데
시악시 마음에는 어떠시요
하고 다짜고짜 결판내자 할 때
점례도 그 검은 눈에 생글 웃음 지으며
어렵쇼 고개 끄덕여주었다
그 잿정지 건너 지곡리 총각 돌아갈 때
걸어가는 게 아니라
뛰어갔다 뛰어가는 게 아니라
춤추며 갔다 미친 듯이 춤추며 갔다
점례 가슴도 콩당콩당 방아 찧어댔다
얼결에 투가리 하나 깨었다
재수 없다고?
아냐 백년해로의 시작 재수 있다

이종사촌 한선우

수원지 울타리 되어주는
신풍리 뒷산
잔솔밭 잔솔 총총한 산
그 산비알 허위 올라
날듯이 잘도 지은 이모네 집
밤낮 공기놀이밖에 할 줄 모르는
이종사촌 한선우

늘 꿈꾸는 사람인지
없는 것도 있다 하고
어디까지가 거짓말인지 참말인지 모른다

오직 참다운 것은 공기놀이밖에

어머니 밭에 나갔는데도
어머니 방에 있다고 하는 한선우
그래서 빚쟁이 와 한바탕 떠들썩했다

아니 내가 왔다고 숨어?
그렇다면 아랫목에 드러누워 받아가야지

새말 조인구 아버지

봄볕에 나와
해바라기하다 그대로 앉아 죽었다
그런 줄도 모르고
다저녁때 아들이 가 흔들어 깨웠으나
이미 굳을 대로 굳었다
굳은 뼈 우드득우드득 분질러 눕혀놓고
아이고오 아이고오
곡성 냈다
늙은 아버지 세상 떠나도
슬픔 하나 없는 아들 조인구

하기야 사람 때리고 패는 데만 이골이 났지
어찌 슬픔 알겠느뇨
어찌 생사의 뜻 알겠느뇨
억지로 아이고 아이고 아이고

이광수

춘원 이광수가 큰 작가라고?
아이고 천만의 말씀
잡살뱅이야
일제 앞잡이였대서
깎이고 깎여 그런 게 아냐
그 이전부터 잡살뱅이야

춘원 이광수를 그럴듯하게 말하는 자
그런 자는
저 자신을 꾸미는 자야
이광수를 의탁해
별 건덕지로 다
저 자신을 꾸미는 자야

춘원 이광수
그건 운명적으로 삼류 작가야
식민지시대 행복으로
수다깨나 떤 작가야

조선을 버릴거나 말거나
이광수
그대가 버린다고
어찌 조선이 버림받고 말겠는가
불쌍한 사람아

그대 재조에는 오늘도 없을 뿐 아니라
불가불 내일도 없다

조선말에 태어나
식민지시대
해방 이후 가장 떳떳치 못한 시대의 고아여

학부대신이 꿈이었지
총리대신이 꿈이었지
그런 것 대신 소설가 되어
정에 주려
정이 들고
정이 떨어지고
그것을
백팔번뇌라 일컬은 자

똘스또이를 꿈꾸었으나
이광수였다
그래도 이 땅에 그대의 비석 서 있노라 망언다사라

개사리 문점술이

문점술이
웃통 벗으면
그런 장사 없는데
괴적삼 입으면
언제나 꾀죄죄한 꼬라지라
다른 동네 사람 멋모르고
멱살 잡고 떵떵거리다가
순하디순한 점술이 한번 화나면
그냥 상대방 번쩍 들어 개골창에다 내던져버린다

체 언 빨래만도 못한 것이
나대기는
말복 풍뎅이 불에 대들듯 하고 있네
한마디 투덜

밥 세 사발 먹고도 서운한지
숭늉 두어 사발 먹는 점술이
일 나와
그렇게 먹어야
배 주릴 때 견뎌내는 점술이

동네 조무래기들이
업어달라고 졸라대면
셋이고 넷이고 한꺼번에 겹겹으로 업고

큰길까지 나가주는 점술이

순하디순하여
동네 아낙네도 내외하지 않고
하소 하소 하고
어이없는 반말 쌍말에도
꼬박 예 예 예에 하는 점술이
상고머리 희끗희끗
보리 베고 난 빈 밭에서
석양머리 붉은 구름 한동안 보고
히죽 웃는 점술이

새말 조길연의 딸

허퉁하고 폭폭한들
어디에 대고 그 속 풀 곳 없다
새말 조길연이 딸 아리따운 처녀 양순이
왜 그런지
연애 한번 해보지 못하고
여기서
저기서
고약한 헛소문만 떠도는데
아무개하고 붙었다더라
아무개하고 헛간 검불 속에서 붙었다더라
군산 묵은장 장돌림 녀석하고 눈맞아
당장 여관 가서 치마 말기 풀지도 않고
그냥 나뒹굴었다더라
이런 몹쓸 소리에
시집길 꽉 막혀
어디서 멋모르고 선보러 왔다가도
더는 발길 끊어지고 만다

그러나 정작 당자인 양순이는
늘 애벌레같이 굼실거리는
그 잘생긴 입술에
흰 이빨 살짝 내보이며 웃을 뿐
제 또래 처녀가 귀띔해주어도
어디 남의 말 석 달 가랴

눈 지그시 감고 입술 지그시 깨물고만 있을 뿐
그년의 속 한번
천 길로 깊어
아무 내색도 하지 않는다

그러다가 한동네 윗말 전두수 아들한테
느지막이 시집갔다
시집가던 머리로
아이 들어 배가 불렀다
동네 흙빛 한번 새삼 붉었다

김재선 영감

군산 신흥동 호남주조장 주인 김재선 영감은
언제나 대머리에 남은 흰머리
정성들여 염색하여
한결 젊어 보인다
뱀대가리 지팡이 짚고
시청 앞 개복동 앞 여기저기 다니며
밴밴한 다방 레지하고 노닥거리며
계란 뜬 모닝커피 시켜 먹으라 하고
선심 쓰며 사귄 뒤
그 막내딸보다 아래인 처녀하고
강 건너 장항으로 가
내친김에
멀리 온양온천까지 가 재미 보고 온다
시의원에다가
무슨 회장에다가
무슨 이사에다가
막걸리 술 빚는 재주 하나로
막걸리 양조장 주인 되고
그것으로 모자라선지
빈 감투 요란한 감투 다 쓰고
다방 색시 골라잡아 짝궁이 된다
그러다가 어느 색시는
그의 아들 김상국이하고
한몸 동서 되기도 했다

누가 김재선 영감한테 감투 하나 더 씌워주기를
다방레지연구회 회장이라 하며 비아냥대도
통 화내지 않고
연구보다 친목으로 고치는 게 좋겠어
내가 어디 학자인가
그저 애들 귀여워해주며
친목을 돈독히 할 뿐일세 한다

늘 눈웃음에 눈꼬리 잔주름 퍼지는데
그만 그 웃음에
모닝커피 선심에
슬쩍 쥐여주는 푼돈에
큰마음먹고 옷감 한 감에
잘도 넘어가는데
그 다방 색시들 그길로 떠나버린다
다른 고장에 가
다른 고장 김재선 영감과 놀아나러 떠나버린다

눈웃음 말고 금이빨 웃음에 잔주름 제법 느는데
솔베이지송 울려퍼지는 다방 한나절
김재선 영감 더운 손으로
덥석 새로 온 색시 손바닥 펴
미스 박이라 했지?

미스 박은 십년 뒤 큰부자 되겠어
그때 괄세 말어
참 모닝커피 한잔 시켜 먹어
여기 와 나하고 함께 먹어

새터 울음보

아빠 한섭이는
좀도둑질하다가 잡혀
형무소 가고
엄마는 집 나가 소식 모르고
할머니 손에 닿아 자라는 아이
새터 울음보

울다
울다
울다 지치면
잠자고
잠 깨면
목쉬어 울어대는데

어린아이가 목쉬다니
천벌이야!

그 시절
그 마을 모두가 천벌 맞은 것이야!

용둔리 찐득이

박석태
이 찐득이
죽은 지 3년 된다
찐득이 제삿날
동네 우물마다
오늘이 찐득이 제삿날이여
찐득이 제삿날이여

오라고 하지도 않았건만
꾸역꾸역 판에 끼어들어
두부 다 먹고
김치 다 먹고
술도 다 먹고
저하고는 아무 상관 없는
이야기 다 듣고

밀어내어도
밀려났다가 다시 오고
또 밀어내어도
또 밀려났다가 다시 오고
저하고는 아무 상관 없는 잔치에
찐득찐득 눌어붙어
실속 차릴 것 다 차리는 찐득이

그러다가 젊은이한테 맞아
코피 주르륵 흘려도
쑥잎으로 콧구멍 막고
다시 들어서서
잔칫상 한 자리 차지하고
굴비 찐 것 건드리고
부꾸미 한 장 걷어 먹고
쇠고기산적 먹고
끄르륵 트림한다

그렇게도 홀대받아도
그렇게도 괄시받아도
그런 것 막무가내로
제 실속 차리는 찐득이

누군가가 그 성질 간파하여
못 받을 빚 받아오라 해서
빚진 집에 가서
아무리 몰아내고
도망치고
몽둥이로 쳐 몰아내어도
기어이 들어가
아랫목 차지하고
사흘 누워 있다가

밥도 안 먹고 누워 있다가
기어이 돈 받아가지고 돌아왔다

그 찐득이 박석태 죽어
제삿날이었다
오마나
찐득이 귀신 우물 속에 있는가
두레박이 안 올라오네

독점 오복녀

독점 김오복녀
먼 데 심부름 갔다 오는 추운 날

너 이놈 춥겠구나 하고
동네 어른 고행술이
그 언 뺨 만져주는 날

그런 날은
아버지보다
그 고행술이 아저씨가 좋았다
어머니보다 좋았다

벌써 나이 열네살 오복녀
돌아와
빨간 뺨 후끈거리는 오복녀

저 찬바람 따라 동으로 갈까 서로 갈까

그 따뜻한 손
호주머니에서 나온 손
고행술이 아저씨 손

삼형제고개

백두개 개바위 지나면
옥산면 삼형제고개
첫 고개 넘어가면
둘째 고개
그 고개 넘어가면
셋째 고개
그 셋째 고개가 막내고개인데
거기 물이 좋아
옛날에는 노루가 와 물 먹고 갔다 한다
옛날에는 높이 가는 낮기러기들
그 높은 데서
막내고개 물 내려다보고
그냥 지나가는 게 섭섭하다고
유난히 좋은 소리로 울며 갔다 한다

사람도 삼형제 보기 좋은데
사람이 넘어가는 삼형제고개라
무거운 짐 지고 다니기에는
거푸거푸 벅찬 고개
그래서 막내고개 좋은 물 한 모금 축이고
쉬는 사람
서로 만나
솔바람소리 아래
일어날 줄 모르며 두런거린다

어느날 밤 그 고개 막내고개에서
도깨비하고 씨름하고 나서
시름시름 앓다가 죽은 당북리 수길이
그 수길이 아들 나서서
아버지 원수 갚는다고
밤마다 몽둥이 들고 지켜보았으나
도깨비는커녕

며칠 밤 그렇게 보내고 나서
아버지 무덤에 가
아버님 원수 못 갚았습니다
저는 자식도 아닙니다
하고 주정부리며 울었다
그러자 무덤 속 아버지 하는 말인즉
아니다
너는 내 아들이다 내 아들이고말고
그리고 삼형제고개 도깨비는
내 마음속 허깨비였느니라
너는 내 아들이다
삭망날 밥 먹으러 갈 테니
밥 푸짐하게 상에 올려다오 내 아들아

설 소년

신라 진평왕 43년
원효 설씨의 먼 일가붙이에
설계두라는 두메 소년
이놈이 빈주먹에 배포 하나 컸다
서라벌 도성 안에 들어가서도
화랑 따위한테
기죽지 않고
활개걸음 걸었다
그러고 나서
서라벌 여러 수작들을 개탄했다

도대체 서라벌놈들은
뭐 골품이나 논하고
문벌이나 따지다가 하루해 저물어가니
걸출한 공훈 하나 없이
가슴 답답하구나

이놈 큰 포부를 낳아
멀리 서쪽 바다 건너
큰 땅덩이에서
신검 차고 천하를 호령하고자
한 조각 배를 띄워 바다를 건너갔으니
이놈 당나라 태종한테 어찌어찌 눈에 들어
당나라 장수 되어

서쪽 나라 변방 달리다가
싸움터에서 죽었으니

너 이놈 기어코 소원성취하였구나

따따부따

독점 열네 가호 작은 골짝 마을
맨 윗집 마누라
길모 마누라
입아귀 한번 두툼한 길모 마누라
국말이밥 떠먹다가도
걸핏 팔 걷어붙이고
선은 이렇고
후는 이렇고 어쩌고
따따부따 따지는 마누라
식전바람 찬이슬 흥건한데
벌써 치맛자락 젖어서
배추밭머리
소 발자국 난 것 보고
아 남의 밭이라고
이렇게 사람이나 짐승이나
마구 지나다니는 법이 있어
그런 법이 어디 있어
어느 싸가지없는 것이 있어
우리 마을 소 있는 집
누구네 집이여
누구네 집이여
저기 저 지붕에 박 세 개 연 집 아니여
어서 나와보아
어서 안 나와보아?

하고 공중 반공에 삿대질 겸하여
따따부따

그 마누라 제집 일뿐 아니라
동네라고 몇 가호인데
오손도손 살아가는데
그게 심심한지
무슨 시빗거리만 생기는 성부르면
어느새 거기 달려가
불내고
부채질하고
따따부따
선은 이렇고
후는 이렇고
따지러 드는 마누라

일년 내내
몸살 한번 앓지 않는 마누라
염치는
손톱만큼도
손톱 밑의 때만큼도 없는 마누라

누가 보나마나
그 길모 마누라

소매통에 오줌 싸는데
그 오줌소리도 힘찬 마누라
허어 위아래로 따따부따 마누라

백제 유민 부례

백제 망하자
백제 부흥전쟁에 나선
주류성 부여풍의 독립군
당군에게 패하자
부여풍 달아나자
뭇 병사 손들었는데
오직 하나 부례라는 병사
화살 동나자
활 버리고
맨주먹으로 당군 때려죽이니
본디 천속인지라
이때 처음으로 사람 노릇 하였도다
그러나 그 처음이 곧 끝장이니
당나라 칼에 맞아
두 동강으로 쓰러졌으니
너 부례여
부여풍보다 복신보다 도침보다
길이 잊을 수 없는 자여

수복이

태어나자
수북수북 고봉밥 먹고 살라고
수북이라 이름 지었는데
호적에는 수복이라 바뀌었는데
그도 좋아라
수북수북 잘 먹고
오래 살 복이라고 수복이라

봄날 청보리죽 먹고 자란 아가씨
청보리죽도 없으면
뚝딱 굶고 자란 아가씨 수복이라

유난스러이 그 어머니 사나워
별일도 아닌데
그냥 나무라지 못하고
이년아
접시물에 코 처박고 뒈져라
이런 욕 무던히도 얻어먹고 자란 아가씨
욕도 밥이던가 고봉밥이던가

그 수복이
할미산 둥실 떠오른
늦은 열아흐렛달 같은 수복이
남의 일 잘도 거들어주던 수복이

수북수북 눈 내리는 날
시집가고 난 뒤
동네 총각들뿐 아니라
아낙네들마저도
온 동네 허전해서
메밀묵 해 나누어먹었다
눈 내리는 날

에라 묻어둔 무나 꺼내다 또 먹어야지

원당리 노망

원당리 홍달표 할아버지 노망들어
아직 깜깜한 꼭두새벽인데
아 큼큼
하고 일어나
이 방
저 방 문 열어젖히며
잠긴 문 문고리 흔들어대며
아아니 아직도 일어날 생각 없느냐
방고래 오래 지면
그 죄가 살인죄 다음이여
아아니 이러고서
어찌 삼시 세때
아가리에 밥 넣고 살겠느냐
이렇게 시작해서
한동안도 입 가만두지 않고
그 말라깽이 어디에
그렇게 잔사설 가득 들어 있는지

하기야 노망들기 전에도
저 혼자도 늘 입 놀리기를 쉬지 않더니
밥 먹을 때나 좀 뜸한데
아니나다를까
어찌 내가 밥 먹는데도
말을 시킨단 말이냐

밥에 돌 섞어주고
반찬에 머리카락 넣어주는 년이
어디 내 며느리냐
나 죽이려고 양잿물 안 넣은 것만도 다행이다
아아니 이런 년하고 사는 놈이
어디 내 자식이냐

그것으로 모자라 청승으로 나아가는데
아이고 죽은 마누라가 알면
제삿날
제삿밥 얻어먹으러 와서
눈물바람으로 돌아가겠구나
우리 영감 불쌍하다고

고깃국 나오면
아들 국건더기까지
떠다 먹는 달표 할아버지
어찌 한마디 없을쏘냐
제 서방한테 주는 고기는 먹기 좋구나
못된 년 같으니라고

나 오늘 죽을 테니
너희들 일 나가지 말고 집에 있거라
이 연놈들

오늘이 마지막이다

그러나 그날 아무런 일 일어나지 않았다

독점고개 강도

그는 숲이다

내놓을 만큼 내놓고 넘어가
안 그러면 못 넘어가

그는 길 막은 적 없다
그는 숲이다
숲속에서 말할 따름이다

밤길 가는 사람
그 누구도 발바닥이 눌어붙는다
가진 것 다 털어놓아야
눌어붙은 발
겨우 떨어진다

고개 넘어가 마구 내달린다

눈에 홀린 총각

가사메마을 전순배
마음씨 좋아
동네사람 누구 하나도
넉넉잡고 사귀지 못하는 족제비 사촌인데

그만 사람 대신
눈하고 사귀느라고 그랬는지
함박눈으로 펑펑 퍼붓는 눈
눈 치우다가
눈가래 버리고 나가
마을 앞 만경강 염전길로 접어들었다

그 내리는 눈에
내린 눈에
하얗게시리 홀려
어디가 어디인 줄 모르고
헤매다가

어쩌자고 눈은
밤중까지 그치지 않아
그 눈구덩이
어디에 그냥 묻혀야 했으니
눈에도 귀신 있나
저승사자 있나

그 옹졸하디옹졸한 전순배
저승 어디에다 두려고 데려갔는가
그 깝깝하고 답답한 사람
아무리 저승이라도
저승 어디라 해도 사귈 벗 없을 텐데

눈 녹아서야 반나마 썩은 송장 찾아다가
누가 실컷 울어줄 처지도 아니어서
그저 끌! 혀 한번 차서
그것으로 문상 대신했다
곡 대신했다

다행인 것은
순배 묻는 날 눈 그쳐
온 세상 포근한 날씨였다
고인의 덕이라고 치켜세울 만한 날씨였다
하기야 덕이란
죽은 뒤에도 베푸는 바 아니더냐

미제 황소아들

미제 곱슬머리 김재문이 힘이 장사라
어렸을 때부터
먹은 것이라고는
호박밭 호박농사 집이라
호박밖에 없는데
어릴 때부터
소하고 상종하여
황소아들이라 하는데
어떤 황소도
찌러기 사나운 놈도
그놈 뿔 잡아
기어이 항복을 받아낸다
거무튀튀한 입술 짝 갈라져
잔뜩 거품 물고
황소 두 뿔 꼬나잡고
한동안 겨루어내다가
꼼짝 말아라
냅다 왼쪽으로 쓰러뜨리니
덜렁 나자빠지는 황소 눈에는
원통함도
어떤 노여움도
슬픔도 없는
망연한 검푸름뿐
무심뿐

그때 황소아들 재문이 땅 차고 치솟는다
야 살맛난다! 씨벌!

김종술이

어찌 그리 사람이 덜되었는가
웬만한 사람이면
어른 아이 할 것 없이
가갸거겨에서부터 후휴흐히까지
후휴흐히ᅙ까지 술술 외우는데 말이여
잿정지 김종술이는
장가간 뒤 영악한 마누라하고
콩각시 팥각시 같은 마누라하고 살면서도
영 트일 줄 몰라

아무리 외우고 또 외워도
가갸거겨에서
겨우 라랴러려밖에 못 나가고
그뒤로는
천 길 벼랑으로
죽어라고 캄캄하다

어찌 그리 자네는 되다 말았는가 하고 말하면
뭘이요 이만치 되어
라랴러려까지만 해도
다 한 것이나 마찬가지 거기가 거기 아녀
하고 도리어 아주 조금 무람없이
짝짝이눈 흘길 줄 안다

그 꺼먹조끼에
꺼먹바지 입고
꺼먹고무신 신은 종술이
그러나 아내 하나 똘똘맞아
어느 세월도 이문 보면 보았지
손해 보는 일 없다
그래도 큰 이문이야 어찌 보겠는가
그저 그 얼굴에 뿌려진 주근깨 같은 이문이지

재봉이네 장닭

증조할머니 제삿날 밤
사신하고 소지하고 나자마자
꼬끼오 하고
어둔 하늘하고
어둔 땅하고 갈라놓는
닭 울음소리
재봉이네 장닭 울음소리
두 홰
세 홰까지
재봉이네 장닭
그 너덜너덜 벼슬 붉고
사또 행차같이
기름진 목덜미 끄덕이며 나가는
재봉이네 장닭 울음소리

그런가?
재봉이 어머니 목소리 우렁차서
그 집 남정네는
다 기가 처져
목소리가 가만가만 내려오는데
그 집 수탉 한 마리
기죽지 않고
재봉이 어머니한테 질세라
그 울음소리 찬란타

재봉이네 개도
그 장닭한테는
함부로 대들지 못하고 꼬리 접는다

어디 제삿날 밤뿐인가
어쩌다가 무서운 꿈 꾸고
밤잠 들판인 양 설치고 말 때
때는 어둠에도 머물지 않고 흘러 흘러
꼬끼오 하고
동네에서 제일 먼저 우는
재봉이네 장닭 울음소리

그 소리 뒤에야
감히 다른 수탉들 울음소리
혹은 이어지기도 하고
혹은 겹쳐지기도 하고
혹은 저쪽으로 어긋나기도 하고

도선

어찌 그대 풍수지리의 처방이
이 꼬라지 운세의 땅으로밖에 이어오지 못하는가
국사 도선!

풍수지리 이건 숫제 째마리야
허울이야 허울 좋은 하늘타리야

옛 백제 영암에서 태어나
열다섯살에 중이 되어
경전 읽다가
그 경전 내버리고
곡성 태안사 혜철의 회상에서
선을 익히다가
그 선도 내버리고
시건방지게 좋구나 좋아

지리산 노고단 밑으로 가
어느날 섬진강 모래로 산과 물을 지어
그 산수의 순과 역을 배우더니
이로부터 『도선비기』가 퍼져나가니
그의 도참은 능히
이 땅의 산수의 형세로부터 일어나
이 땅의 길흉화복으로 돌아가나니

망하는 나라에서
새 나라를 보았으매
쉽고 쉬운 일 아닌가
그리하여
고려가 그를 추앙하나니

때마침 차현 이남의 항거를 가라앉히려고
차현 이남의 사람 도선을 섬기고
동향 영암사람 지몽과 경보로 하여금
왕건을 보필케 하니
그것으로 모자라
무안땅의 처녀를 볼모로 왕후를 삼으니

여기서 도선은 고려의 국승 신승으로 받들어지나니
고려 불교 풍수로 돌아가고
그뒤의 조선도 유교 명당으로 돌아가매
이 어찌 딱한 자들의 수작인가
그저 뒤에 산 있고
앞에 흐르는 것 두면 되었지
어찌 그리 이 땅의 산수 귀하지 않은 데 없거늘
어디는 길하고 어디는 흉하더냐

왕건 이르기를
내가 점쳐서 정한 곳 이외의 땅에

함부로 절을 지으면
지덕 손상시키고
따라서 내 왕조 오래가지 못하리라

이런 말이나 하늘같이 믿어 마지않아
이 땅은
도선 풍수지리에 꽉 막혀버리고 말았다

모름지기 땅을 자유케 하라
사람이여 거기 비로소
먼저 네 땅을 자유케 하라
그 어디도 거룩하지 않은 곳 없는 땅으로부터
사람이여 거기 비로소
너 스스로 자유케 하라

수염

동료 최만리 유효통 농하기를
예로부터 수염이 긴 자가 문장에 능한 법이여
한데 세종 연간 집현전 신석조가 문명을 떨쳤으나
수염 날 자리 민숭할 따름이었다

만약 수염 긴 자가 문장이라면
신석조가 어찌 문장에 능한가
하니
그것이야
수염쟁이 문장 이사임의 집 뒤에 살고 있으므로
그 수염 덕택으로 문장에 능통한 것이야

근엄하나 밖으로는 순하디순한 연빙당 신석조
그의 문집 있어

어디 한번 펼쳐 짐작해보세

과연 수염 염자 한 자 없고
윗수염자 한 자 없고
아랫수염자 한 자 없어라

어찌 그다지 치밀함인가

호락질

개사리 문종표는
성미 하나 오종종하여
남과 어울리지 못한다
오로지 실한 구리몸뚱어리 하나로
혼자 날 받아
혼자 김맨다

하늘 심보가 축하여
하루 품 버리게
느닷없이 장대비 쏟아지면
들 가운데 일꾼들 돌아가는데
오로지 문종표 혼자
그 비 다 맞으며 죽은 듯이 일한다

한술 더 떠 종표 마누라
학교 갔다 온 아들더러
네 아버지
비 맞고 일하는데
너 집에서 손 놓고 있느냐
들에 가거라
하여
그 비 철철 맞고
아들 나선다

아버지하고 아들하고
하얗게 퍼붓는 빗속에서
웃자란 검푸른 벼 위로
떴다 가라앉았다 하며
어둑발 비 그을 때까지 김맨다

아들녀석은
제 아버지만 못해
벌써 감기 들어
재채기 연신 나온다
그까짓것 감기가 병이더냐
집에 돌아와도
누구 하나
너 감기 들었구나 한마디 없다

개사리 문종표
문종표 아버지 문성도가
그의 아버지 때려서
쫓겨난 뒤
타관살이에서 죽은 뒤
아들 종표가 다시
옛 터전으로 돌아와 살아간다

눈은 두꺼비눈으로 멀뚱멀뚱이요

아따 귀하구서는
칠성암 부처님 귀라
점심 먹고
한잠 자는 낮짝에
여름 쇠잔등 파리깨나 앉아도
끄떡없이 코 고는 문종표

남한테 길 하나 가르쳐주지 않는
문종표
이 드넓은 세상을
저만 혼자 살다 가는 사람
어느덧 가을밤 귀뚜라미 소리 끝도 없는데
그런 소리 하나
제대로 들어보지 않는
문종표

미제 창순이

언 밤송아리인 듯
하얀 얼굴
하얀 기쁨 넘치며
긴 빨랫줄에
빨래 가득 널어
빨랫장대 솟아올리는 기쁨 넘치며
기어이 그 기쁨 노래 되어
낭랑하여라
남쪽 나라 바다 멀리 물새가 날으며

완도

완도
그렇게 죽어야 할 건 또 뭔가
완도
하필 멍석말이로 죽어야 할 건 뭔가
관여산 완도
머리 헝클어져
흰머리 검은 머리
칙칙한 홀어미
완도 어머니
날마다
날마다
날이 날마다
개 같은 세상이라고
관여산 마을
부잣집 민달호네 집에 대고
침 뱉고 저주하는
완도 어머니
그런 어머니에 효자라
꼭 닭에 옻칠개 내어 먹어야 살겠다 하여
닭 한 마리 훔쳐온 것이 들통나
그만
관여산 부자
민달호네 아들과 머슴이 데려다
마구 패어

초주검시키더니
그래도 분이 안 풀린
민달호 아들
그 사나운 자가
멍석에다
완도 몸뚱이 둘둘 말아
그 멍석 밟아대고 패대고
이놈아
너도 죽어야 하지만
네놈 어미년도 죽어 싸다
어서 너부터 죽어라 패대고
멍석 펴놓고 보니
조금 꿈틀거리더니
그길로 황천길 떠나고 말았다
주재소에
달호 아들 불려가고
머슴도 불려갔으나
어이된 일인지
그 사람들 하룻밤 자고 돌아왔다
누가 완도 묻어줄 것인가
동네사람들
민달호네 눈치 보아
사흘 된 송장
한밤중 얼른 짊어져다 묻어주었다

풀 덮어주었다

다리 하나가 짧아
풀지게 기우뚱거리던 완도
말 한마디 나오려면
먼저 침이 튀어나오던 완도
그 완도 묻은 뒤
관여산 두 군데 불났다
하나는 민달호네 바깥채 헛간 타버렸고
하나는 민달호네 산 하나 다 타버렸고

완도 어머니 불려갔으나
무죄로 풀려났다
오늘도
내일도
이 개 같은 세상
개 같은 달호 네놈
개 같은 달호 네놈으 새끼
네 부자 두 놈 뒈져봐라 뒈져봐
뒈져
우리 완도 만나
열 번이라도 뒈져봐라

이차돈

원한의 피는 푸르고
헌신의 피는 희다

그러나 이내 뭇 몸뚱어리
붉은 피만 못하다

형사 조태룡

수사계 형사 조태룡
절도 백오십 명 잡고
강도 쉰 명 잡았다고 떠벌리는 조형사
그 형사한테 걸리면
우선 치도곤으로 맞아
반병신 되는데
그중의 강도 하나
3년 살고 감옥 나와
제일 먼저 한 일이
밤중 술 취한 조형사 골통 까는 일이라
억! 소리 하나 못 지르고
그 독사눈깔 영영 감겨버렸는데

그런데 그 조형사 죽은 걸 가장 좋아한 건
사실인즉 그의 마누라였다

악질 형사하고 산 반평생
지긋지긋한 반평생

그 마누라 삼우젯날 얼굴 환히 피어났다
조태룡 형사 죽인 놈 잡혔다
광주형무소로 가서 죽었다
거기에 사형장 있으니
거기 가서 죽었다

죽으면
누가 형사이고
누가 강도이고
살인범인가

살아서 너 곰보 아닌가
나 째보 아닌가

홍종우

조선사람으로는 처음으로
법국 빠리 소르본느 대학에 가서
춘향전도 번역하고
르낭과도 친한 사이
보들레르 단골집 술 마시고
공부 잘하고 온 사람
그 공부 바로 내버리고
돌아오는 길
자객으로 바뀌어
일본에서 샹하이까지 따라가
개화당 김옥균을 쏘아 죽여버리니
그 송장 보내어
효수케 하고
유유히 본국에 돌아온
자객 홍종우

그 공덕으로 좀벼슬 살다가
독립협회 만민공동회에 맞서
황국협회를 만들어
보부상을 동원
독립협회 때려부수는 일에 앞장섰다

조선왕조의 최후를 반동으로 장식한 자
바로 이런 자

오늘도 이 땅 도처에
홍종우의 자식들로 놀아나니

역사는 역사 따위 등진 자에게도 살 데를 주나니

지곡리 서당 전총각

옥구 들판에는 고씨 두씨 문씨 전씨라
지곡리에도 전씨 몇가호 있다
지곡리 서당 이른 아침
학동들 서당에 올 무렵
먼저 와서
덩다랗게 팔짱 끼고 서 있는데
길게 딴 머리 하고 서 있는데
그게 누구냐 하면
지곡리 전씨네 아들
이 딱한 총각하고서는
서당 학동들 오는 길 막고

너 가지고 온 깜밥 내놔
너 가지고 온 먹 내놔
너 가지고 온 제기 내놔

글읽기는 『동몽선습』 첫 줄부터 졸기 시작하는데

전총각 어머니 태몽에
거머리 꿈꾸고
전총각 뱄다는데
그렇게 다닌 서당이라
다른 아이들
어린아이들

사서삼경 다 떼었는데
전총각은
겨우 『소학』에서 졸고 있었다

그러나 잘도 살아갈 거야
진작 아이들 등쳐먹고
공갈하는 재조는 익혔으매
잘도 살아갈 거야

명산동 잡화상 며느리

군산 새 장터 가는 길
벼랑길 지나
언제나 정갈한 곽씨네 잡화가게 있다
거기에는 없는 것이 없게
갖가지 물건이 잘도 차려져 있다
하얀 머리 상고 친 할아버지가
연한 옥색 조끼 입고
날듯이 나와
물건 다독거리며 내주고
값을 받아도
정중하게 받는다
나이 어리면
잘 가거라
나이 어중뜨면
잘 가시게
인사성 하도 좋아
아나 하루살이야
절 받고 싶거든
문안인사 받고 싶거든
곽씨네 점방 가거라 할 정도인데
어쩌다 그 곽씨
볼일 있거나
누워야 할 병 들거나 하면
그 시아버지 대신

며느리가 나온다
아서라 동백꽃 같은 그 며느리
검은 머리에 붉은 댕기 섞은 낭자머리
남치마에 흰저고리
자주고름아
어느새 봄이 와
저쪽에서 풋풋이 봄바람 온다
남편은 서울 유학 가서
방학까지는 독수공방
방 그슬린다고
참기름불만 조금 켰다가 꺼버리는 독수공방
깊은 밤
그 방의
그 며느리의 꿈속에 들어가고 싶은
몹쓸 소원

신흥동 껄렁패

군산에는 흥남동 개복동 신흥동
오룡동 명산동에
그 언덕바지 따라
일본사람들한테 밀려난 가난뱅이들이
올라가 이룬 산동네
식민지 달동네
초가집 빼곡히 덮인 언덕동네 있다

1920년 이래
조가비 겹겹으로 엎어둔 듯한
그 초가집 골목길 올라가면
몇 걸음에 숨이 차다

신흥동 오르막길 잘도 올라가는
이무일이 어머니
쩔뚝발이건만
아들 무일이 하나는
키다리로 길러낸 홀어미

그 홀어미 자식 무일이
아비 없는 놈이라
일찌감치 껄렁패 되어
옆구리 칼로 그어 흉터 만들고
새옷도 생기면 찢어 꿰매어 입고

남의 옷도 새로 입고 나오면
인마 이리 와
너 나를 본떠라
하고 그 옷 쫘악 그어준다

그 무일이가 중학교 들어와
제일 뒷자리에 앉아
방인근 소설 「마도의 향불」 읽고
공부만 하는 놈 눈에 거슬리면
그 학생 도시락에 몰래
뱀 잡아 토막내어
밥에 박아두면
점심시간에 도시락 뚜껑 열다가
기절초풍하게 만든다
껄껄껄 웃는다

훈육선생이
너는 아비 없는 놈이라는 소리
듣기 좋으냐 하면
아비 없는 놈이
아비 있는 놈 되면
그럼 우리 어머니가 똥갈보란 말이오
우리 아버지 말고
딴 놈 붙어먹었단 말이오

514

하고 대드는 무일이

아무데도 무서운 곳 없다
경찰서 앞 지나갈 때도
다른 사람들 괜히 무서운데
무일이
이무일이
아비 없는 무일이는 당당하다

그러나 시험 때
시험 답안지 보여주면
그 학생한테는
그 무서운 낯짝에서
칼자국 난 낯짝에서
모처럼 달맞이꽃 웃음이 나온다
어럽쇼 무일이 얼굴에도 웃음이 나온다
어려서 싸우다 빠진 이빨 해넣어
그 금이빨 빛나는 웃음 나온다

누가 구시렁거렸다
쳇 늑대도 웃을 때 있네
늑대인 줄 알았더니 여우밖에 안되네

그 무일이

인공 때 한탕하고 나서
수복되고 붙잡혀
아침이슬이었다

늘 눈자위 붉은 기운찬 무일이

강집사

군산 남전거리 못미처
대지이발관 주인 강집사 할머니
이발사 채용할 때마다
양아들 삼는데
몇달 뒤 목돈 챙겨 달아난다
다시는 양아들 삼지 않는다고 기도하고 나서
다음 이발사도 양아들 삼는다
고적함이 까닭이기보다는
그 의지가지 버릇이던
언제나 옥색 속옷에
인조 치마저고리
구긴 데 없이 입고 나오지만
교회에 가도
어디 가도
누구 하나 마음껏 반기지 않는다
젊은 시절이야
제법 미인 소리도 들었다는데
늙어 홀몸이니
이발소 하나 남은 재산
이발소 안집
벽오동나무 향나무 태산목 남은 재산

아무도 상종해주지 않으니
교회에도 나가지 않다가

그만 금강사 스님한테 가서 실컷 울었다
그 스님한테 이발소 집문서 바치고 나서
죽으면
좋은 곳으로 보내달라 울었다
세상에 종교라는 것이 무엇이관대

그 강집사 먼 조카는 멋쟁이인데
멋만 부리느라
이런 늙은이 사연 들여다볼 나위 있겠는가
늘 보스톤다방 마담 고운 손만 잡고 앉아 있다

윤봉재

서해 고군산군도 선유도 아이 봉재
선유도 뱃사람 아버지 출세하여
군산 째보선창 선구상으로 나오자
봉재란 놈도 따라나와
어엿이 육짓놈 되었다
군산중학교 들어가
공부하고는 숫제 담 하나 쌓고
얼굴 뺀드르르한데
장난뿐이라
날마다 잉크 엎지르지 않는 날 없다
누가 네 고향 어디냐 하면
그것만은 절대 입 다물고
선유도라 하지 않는다
그러고 나서
이 새끼 왜 남의 고향을 물어
너 이 새끼 형사냐?
한다

섬은 해발로는 뭍과 같으나
언제나 뭍보다 낮다
괜히 사람들의 마음속에서

야 봉재야 너 한번 잘되어보아라

그러나 날마다 느는 것은 장난이라
청개구리 잡아다가
앞자리 앉은 아이 등에 넣는다

길남이

원당리 홍길남
하루에 나무 석 짐 해오는 길남이
나무할 데 없는데
나무 있는 데는
산임자 눈깔 시퍼런데
어디 가서 쩌오고 긁어오는지
나무해다 장에 내어
목구멍 거미줄 걷어내는 길남이
모두 다 사는 일 이렇게 용하도다

그런데 그만 그 나무쟁이 길남이가
8월 푸서리 독사에 물렸다
그래도 재빨라서
독 들어간 피 빨아내어 살아났다
그러고 보니 옛일 생각났다
바로 길남이 아버지 독사 물려 세상 떠났다

어디 보자
이놈의 독사란 놈 뱀이란 뱀이란 놈
그길로 길남이 틈내어
독사뿐 아니라
긴 짐승이란 짐승 보기만 하면
영락없이 잡아먹어버렸다
날것으로 껍질 홀라당 훑어내고

고추장 가지고 다니며 찍어먹고
고추장 없으면
소금 뿌려 먹기도 했다

그러자 원당리 뒷산 앞산에는
원당리 논배미 언덕에는
뱀 하나 씨 할래야 씨 할 수 없었다
그 대신 동네 처자들
길남이 지나가면
소름 쭈욱 끼치며
질겁하고 등 돌려 달아난다
뱀 온다 독사 온다고

그러나저러나
못 먹던 신세라
뱀 먹고 어깻죽지 기름지고
나무 석 짐 하고 나도 지칠 줄 몰랐다
오줌 싸면
오줌발 치솟았다

김시습

사육신에 대고 생육신이라고?
좀 장난스러운 이름이야
좀 구차스러운 이름이야
그 생육신 중의 하나 매월당이라고?
하여간 살아 있어 반가우이

중도 아니고 속도 아니라고
비승비속도 아니라고
신선도
신선 아닌 것도 아니라고
반가우이

홍산 무량사에 가고
경주 남산에 가도
그 어드메 평지 아니거든
좀 으슥한 곳마다 벼랑 아래마다
거기 매월당이라고

젖내 나는 시절부터
시 지어
왕도 놀라 불러들이니
그 시의 재주 하나로 살아남아
이 산 저 산 떠돌며 시 짓고
그 시 내버렸구나

반가우이

왕조시대 겨우 여기까지가 시인이었구나
사육신으로도 안되는 터에
생육신으로 무엇이겠는가
그러나 그것으로도 사는 까닭 왜 아니겠는가

그 재주
왜 백성과 더불어 노닐 수 없었던가
만백성 까막눈과 노닐어
그 까막눈에 시 바치지 못하고 말았던가
그것만은 반갑지 않으이
아까운 시인 매월당 김선생 시습이여

권오술이 여편네

억세기는
사납기는
거칠기는
마구잡이이기는 당할 사람 없다
미제 오술이 여편네

비 오는 날 오술이 낮잠 자면
아 어디 사랑방에라도 가서
돈이라도 따오지
잠만 퍼질러 자고 있어
하고 벤 목침 빼다 버린다
잠 깬 서방
아니 무슨 지랄이여
하고 눈떴다가 다시 누워
목침 없이 잠든다

한참 그렇게 자고 나서
날 보아
날 보아
하고 부엌에서 콩 까는 여편네 불러
들어오드라고 하면
사내가 자빠져 잠자기 아니면
자빠져 그 짓이여
나가 돈 벌어올 줄 모르는 병신이

허구헌 날 그짓밖에 몰라

이튿날 날 번해서
끝물 호박 따는 여편네
지나가는 아랫말 재만이
호박 따는그만이라우 하고 인사하면
흥 남이사 호박을 따든 뒷박을 따든 무슨 상관이여
괜히 인사 걸었다가
본전도 못 찾고 가버린다

친정어머니가 와도
아 무엇하러 와요?
알량한 사위 낯짝 보러 와요?
돼지새끼만도 못한 외손자새끼 보러 와요?
친정어머니 해온 떡 풀어놓아도
아 무엇하러 그런 것은 해와요?
입에 들어가면 똥 되고 마는데

동네 한또래 아낙네 만나도
웃을 일 하나 없이
밑도 끝도 없이
화난 얼굴에
내일모레 일 하루 해달라 해도
속으로는 가고 싶어도

겉으로는
언제 한가한 날 있었던가
어디 봐서 가면 가고 못 가면 못 갈 것이여

제 새끼 다른 아이 때리고 오면
밥 주어도
맞고 오면
밥 대신 욕하고 주먹 준다
이런 병신 같은 놈
사람 제일 못난 게 맞고 다니는 것이여

선제리 도둑

도둑질 떠나는 날
할아버지 무덤에 간다
할아버지 다녀오겠습니다
할아버지 손자 잘 보살펴주십시오

그래서인가
도둑질 열 번 넘었는데 잡히지 않았다

그런데 학교 다니는 아이놈이
학교에서 도둑질하다가 들켜
세 번인가 네 번인가 들켜
할 수 없이 퇴학맞았다

아버지도 스무 번 못 채우고 쇠고랑 찼다

도둑 마누라
도둑 어미
형무소 면회 갔다 울고 오랴
자식 손모가지
빨랫방망이로 찧어
도둑질 못하게
손가락 병신 만들랴

528

관전이 외할아버지

이빨 빠져
항시 볼 팬 관전이 외할아버지
늘 웃는 얼굴이다
잠든 얼굴도 웃는 얼굴이다
모르는 사람이 보면
자는 게 아니라
혼자 누워 웃는다 한다
관전이 낳던 해
관전네 외가 거덜나
딸이 사는 마을 중뜸으로 이사 와
토담집 지어
일년 살고 나자
그만 오랜 세월의 한동네 사람 되었다

그 영감 짚세기 삼는 솜씨 뛰어나
하루에 미투리 열 켤레
두메싸립 열댓 켤레
어린 계집애 색미투리 한 켤레도 삼아
아나 너 신어라 하고
외손녀 관순이한테 준다
그러면 열세살짜리 관순이
좋아서 퐁당퐁당 뛴다
예쁜 색미투리 한짝씩 들고
논길 건너

새터로 달려간다
논길에 나와 있던 새 날아간다

새빨갛게 타는 낙조로
하늘과 땅과 사람이 다 불빛에 밝혀져
으리으리 붉다
붉은 꽃밭

이런 날은 저물어
집집마다 굶지 않는 냉갈 곧게 피어오른다
높이높이 피어올라
어둠 든 공중에서 자취 없다

귀녀 아버지

딸 귀녀 절반도 못되는지
귀녀 숙성하여
어릴 때부터
함부로 어른이 해라 마라 하기 거북하게
어른 일 척척 하는데
그런 딸 둔 귀녀 아버지는
평생 일이 설다
꼭 사돈집 온 듯이 설다

모내기철이나
김매기철이나
논에 물 대려면
물자위 밤새도록 밟아야 하고
한낮에도
논 한가운데 삐거덕삐거덕
물자위 돌아가며
물 퍼올려야 하는데
그 물자위질 한심하다
한참 밟다가 헛밟아
물자위는 돌아가는데
가랭이 찢어지며 벌어져버린다
결국 다시 기어올라가
첫발 디디다가
또 가랭이 벌어져버린다

옆논에서 물자위 척척 밟던 영감
자네는
논에 들어맞지 않네그려
밭에 가 똥지게나 부리게 하면
똥지게도 기우뚱거려
길바닥에 똥물 엎질러버리는데
하고 대꾸는 또 척척 한다
그러면 딱 갈 데 있네그려
어디요?
어디는 어디여
북망산천이지
하고 머퉁이 주면 아무렇지 않게 받아
거기라고 할 일 없겠는가요
암 있지
누워 있는 일도 큰일이지

일에는 지지리 못난이건만
샛밥 내오는 마누라 광주리는
재빨리 바라본다
아이고 우리 논두렁에 막걸리라

어린 완규

옥정골 윗말 조풍식이 아들
어린 완규
설날 귀한 설빔 입고도
그놈의 눈 깨끗하지 못하다
여름 내내 눈병 떠난 적 없더니
늘 눈에서 눈곱재기 끼고 진물 나고

그러다가
여덟살쯤 되어서야
서당 갈 나이
그놈의 지긋지긋한 눈병 떠났는데
그래서 하늘천 따지 잘 보일 만하여라

누가 알아보겠나
그렇게도 맑은 눈 달린 완규인 것을

너 뉘 집 아들이냐 하면
아쭈
풍자 식자 아들이어라우
하고 의젓하게 말하고 나서
무엇인가 억울해하기도 한다

눈병 낫더니 이도령 되었구나
눈병 낫더니 인물 났구나

눈병 낫더니 저 걸음걸이 좀 보아
오리를 십리로 건너뛰어 가겠네
그런데 걸음걸이 느린 것은
그 어린것이
되지 못하게시리
또 병난 탓이로다
치질 나서
그렇도다

새터 상술이 어머니

상술이 어머니
입 삐죽이 기울어져
남의 이야기 아니면
그 입에서 나오는 것 없다
이 사람 만나
저 사람 이야기
저 사람 만나
이 사람 이야기
이렇게 남의 이야기로만 사는데
무슨 기생 풍류 잡힌다고
낭자 앙똥히 쪽찌어
거기 귓밥 파내는 귀지개 꽂고
성냥개비도 하나 꽂고
이 사람 이야기
저 사람 이야기
부엌 아궁이 재 퍼내다가
딴생각에 빠져
재 둘러쓰고 넘어졌다는 이야기까지
생선에 환장하여
생선 가시까지 삼키다가
생밥 몇숟갈 떠먹고
그 가시 가까스로 넘겼다는 이야기까지
시시콜콜한 이야기까지

그런데 그렇게도
남의 이야기 할 수 없는 밤중에는
잠자는 밤중에는
오줌을 푸짐하게 싸므로
큰 요강 두 개나 들여다놓아야 한다
함께 늙어가는 며느리
저녁마다 요강 두 개 들여다놓으며
아이고 우리집 거름 하나 걱정 없다

상술이 아버지는 두어 번 싸는데
상술이 어머니는
요강깨나 커야 한다
그래서렷다
상술이네 집 마늘밭
마늘 한번 잘된다
다른 집 것 반뼘인데
그 집 마늘 뼘반이나 크다

미제 술집 심부름꾼

술꾼들
너 용돌리 가서
아무아무개 데려오너라
하면
예 하고 대답하자마자
단숨에 용돌리까지
논길 질러 달려간다

발바닥 한번 마당발이라
짚세기 따로 삼아 신어야 한다
손도 크다
그런데
그 손 그 발로
심부름 하나 잘한다

용돌리 갔다가 풀죽어 돌아온다
안 계십니다요

또 술꾼들
너 개사리 문흥남 어른 오시라 해라
하면
단숨에 신작로 달음박질쳐
흥남이 어른 데려온다
그럴 때는 자랑스럽다

키 작달막한 심부름꾼
태어나서
심부름밖에 모르는 사람
누가 시키기만 기다리고
시키지 않으면
히마리 없이
처마 끝
누런 고드름 떨어지는 것 바라본다

이마는 아예 죽어
머리숱이 눈썹 바로 위까지 뵈게 내려와서
이마 있을 데 없다
그런데 눈에는
온갖 착한 것 다 들어 있다

건넛마을 아랫말에서 목도 지는 소리
영차 영차 영치기
술집 안방에서
두만강 푸른 물에 노 젓는 뱃사공 소리

썩은새 물하고 함께 언 누런 고드름
또 툭 떨어져 도막나버린다

538

옥정골 고남곤이

언제 자고
언제 오줌 싸는지
그저 일에 눌어붙어 떨어질 줄 모른다
옥정골 고남곤이 아저씨
이마에 흉터 하나 번득이며
밭일 끝나면
밭두렁 풀 깎는 일
밭두렁 물러서자마자
산으로 가
푸장나무 대번에 한 짐 해 내려온다
얼굴에 땀 먹어
햇빛에 번득이며

그러나 종일 입 하나는
밥 먹는 것 말고는
열어본 일 없다
쉬어터졌나
바람 불어도
어 그놈의 바람 시원하다
한마디 없다

도대체 평생 말 몇마디 하고 죽을 것인가
이 사람아 쓰다 달다 해보아
남의 밥 그냥 먹기만 하지 말고

해도

그 고남곤이 아저씨
입으로 말하지 않음은 물론이거니와
눈으로도
속으로도 말 없다

하기야 말이란 한번 하기 시작하면
그 말에서 헤어날 줄 모른다
이 마을 저 마을 무덤들이 다 그런 무덤 아닌가

하이하이 아낙네

선제리 일본농장 별채에 들어 사는
권달수 마누라
왜놈 주인이 부르면
좃또
소리나자마자
하이하이하이 하고 달려가는
아낙네
여름밤 참외 한 도막 베어먹는 맛이더냐
하이하이 하고 달려가는
아낙네

좃또
소리나자마자
하이하이 하고 달려가는
아낙네
소나기 맛이더냐

주근깨 퍼부어댄 얼굴이건만
웃으면 빵긋
하얀 이 가지런히
피어오르는 아낙네
가만히 있으면 볼품없으나
바지런떨며 일하고 달려가고 할 때
그지없이 아리따운 아낙네

그 하이하이 소리
드높아
하늘 울리겠다

일본농장 왜놈 주인
그 맛을 알았는지
부르지 않을 일도 불러
좃또
불러낸다

어느날 다다미방으로 불러들여
마구잡이로 겁탈하려 드는데
병든 아내
미닫이 드르륵 열고
안따!
하고 소리쳤다

별채 비워주고 하이하이 떠나야 했다
다른 농장 찾아 떠나야 했다
내 나라
내 집 없는 사람의 아낙네
하이하이 아낙네
치맛자락 하나 단정히 지켜낼 길 없음이여

황희

영의정자리에 18년이나 앉아 있던 황정승
판서만 열 차례 가까이
우의정 좌의정 두루 거쳐
세상에 황희만한 관운이 어디 있는가
세상에 황희만한 관복이 어디 있는가
태조 정종 태종 세종 4대 왕조 환로를
그 동요 많은 세월 끄떡없이
제자리 차지했던 황정승
그것은 능이 아니라 무능이었다
그것은 슬기가 아니라 어리석음이었다

봉건시대 또 하나 열려서
비 오면 비와 상존하고
서리 오면 서리와 수작하여
어디 하나 서슬 없이
어디 종년한테
머리끄덩이 잡혀도
허허 하고 그년과 상종하고
집구석이야 바람벽 틈사구니로
바람 솔솔 들어오고
반찬 없으면 소금밥 먹고

이 말에도 상종하고
저 말에도 상종하고

이런 천치 대감도 귀양살이한 적 있어라
본디 고려 두문동 패거리인지라
태조의 간청으로 나와
조선 초기의 정사를 맡기 시작하여
여든일곱살 60년 벼슬길 끊고
얼굴 늘 불그스레하고
머리 희고
바라보건대 신선 같다 했거니와
제법 순박한 풍류 있어
술 익자 체장사 돌아가니 아니 먹고 어이리

아흔살에 웃으며 눈감아
세종 무덤 영릉에 배향 황공하오니
죽어 저승에서도
세종임금 만나
물 만나 헤엄치는 천치바보 재상이로다

그러나 그 무엇 하나
이 땅의 긴 역사에 남겨둔 바 없는바
거기에 황희 황정승 이야기는 이야기거니와
그저 평생 잘 살고 가버린 바 이야기거니와

갈메 애무덤

한살도 못되어
이름 없다

호적 오르기 전
이 세상 나와
숨 몇번 내쉬고 갔다

제 어미도 맨입으로
울음소리 없었다

배고픈 시절이라
그 애무덤에 개가 다닌다
기어이 흙 파내고
묻은 것 먹고 미쳐버렸다

그 미친개한테 물린 사람 둘 있었다

그놈
이름도 없던 그놈
이 세상 와서
해놓은 일이
미친개 만들었다

미제사람이 그 미친개 잡았다

아래뜸 우식이

어릴 때 만주로 떠난 아버지 얼굴 모르고
열두살에 어머니마저 세상 작파했으니
그 어린 우식이가 나서서
집안 꾸려가야 했다
아래로 동생 우종이 있고
우만이 있는데
밥해서
어린 삼형제 밥 먹는다
동네 아낙네들
처음에야 반찬도 나누어주고
어쩌고 하지만
그게 어디 긴 세월 정성이겠는가

추운 날 문구멍 뻥뻥 뚫린 문으로
바람 들어오는 아침
그 추위에 지지 않고 일어나
마당 눈 쓸고
얼음 깬 항아리물 퍼
세수하고
세수한 얼굴에서 김 나고
우종아 일어나
우만아 일어나
그 소리
지나가는 사람이 듣고 빈소리

아 그놈들 삼형제 잘도 살아가누나

한식날 어머니 무덤에 가서
우식이 서럽게 울고
우종이 멀뚱거리며 서 있고
우만이도 마른풀 뜯으며 앉아 있고
엄마 엄마
실컷 불러보지 못하고 자라나서
먼 데 바라본다

이렇게 우식이 실컷 울고 내려오면
새로 힘난다
아무리 이 세상 벅차도
뚫어
굴 만들 수 있는 힘 난다
우종아
저기까지 누가 먼저 가나 내기하자
요이 똥!

요이 똥은 일본말인가?

시청 산업계장 김주갑

먹성 좋아 잘 먹지
잘 챙겨
미면에도
옥산면 사정리에도
논 사놓고
산 사놓았지

얼금얼금한 얼굴에
벼락 떨어져도 끄떡없는 김주갑
그의 상사
과장도 헛것이요
부시장 시장도 헛것이지

그러다가 군산경찰서 사냥개
수사계 태룡이한테 걸려
쇠고랑 차고 말았지

면회 와서 우는 마누라더러
지랄하고 울고 자빠졌네
나 한 달 놀다 나갈 것이여

그러나 3년 구형 받고 난 뒤
마누라더러
나 1년 이내에 나갈 것이여

거봐 딱 들어맞어
1년이나 1년 이내나

1년 뒤 만기로 나온 뒤
사정리 논 팔고 뭣 팔아서
석유상회를 벌였지
그러나 먹던 팔자라
석유 한되 두되 파는 팔자 아니라
몇달 해보고 문 닫았지
그뒤로 목재상을 했으나
그것도 작파하고 말았지

역시 주갑이한테 맞는 것은 들어먹는 일이지
그러나 이제 어쩌누
다방에 죽치고 앉아
다방 아가씨한테
엽차 또 안 가져온다고
야단이나 치고 핏대 올리지

지서장 김충호

해방 뒤 학도대 자치대 지나서
미군정 경찰이 들어앉더니
우리 마을에도 지서장 나리 나타났다
마을사람 뱌슬거리는 것
강제로 모아놓고
이렇고저렇고
한바탕 훈시를 늘어놓았다
모인 사람 보고 이야기하는 게 아니라
하늘께 바라보다가
건넛마을 개가죽나무 우듬지 바라보며
이승만 박사를 중심으로 일치단결해야
어쩌고 저쩌고 늘어놓았다
마을사람들은 마을사람대로
속으로는
벌써 반나절 일하면
저만치나 풀 맬 수 있는데
하고 딴생각하며 있다가
일장연설 끝나기가 무섭게 흩어졌다
지서장 화났다
저런 것들
저런 한심한 것들

그 지서장이 누구냐 하면
회현지서에서

일본 순사보로
갖은 악행 비행 저지른 자라 한다
해방되자마자
숨어 있다 나왔다

이제 그에게 또 권세가 주어졌다

우리에게 이승만은 바로 지서장 김충호였다
나를 따르라고
흩어지면 죽고 뭉치면 산다고
하며 일제 때 벼슬아치 구실아치
다 그대로 그 자리에 두고
소위 나라를 세웠다

김충호한테 맞아 병신 된 회현사람
그냥 그렇게 그렇게 절뚝거리고 걸어다니다가
1949년 2월 얼음판에 미끄러져
그 다리병신 탓으로
뇌진탕 중하여 끝내 숨넘어갔다

미제 공순이

제 아버지 어머니 말밖에는
남의 말 안 듣는 공순이
그뿐더러
지나가는 나그네 길 물어도
일부러 잘못 가르쳐주는 공순이
그 집에 쇠스랑 빌리러 가면
제 아버지 어머니 가로막고 나와
우리집 쇠스랑 삶아먹고 없어유

독살스러운 년
모지락스러운 년
제 것이라면 뱀 허물에도 벌벌 떠는 년
구정물이라도 벌벌 떠는 년

벌써 시집갈 채비 다 해놓았다 한다
이불솜도
시부모 옷감도
제 옷감도 무엇도
그러나 누가 그런 년 데려가누?

아니야 그 고약한 공순이
중매쟁이 오락가락하더니
덜컥 월하리에 혼처 정해졌다

시집도 못 갈 년이라고 욕하던 아낙네들
이번에는 그년 없어지니
체한 것 내려갔다고
시원섭섭해했다

그년 걸어간 데 둑새풀 한포기 나지 않을 것이여
아이고 그년 꼴 안 보게 되어 좋으나
그년 시집 동네 사람들
얼마나 끔끔수 받아야 할까

창순이 아버지

너무 헌 조끼라
조끼주머니 새로 달아
그것만이 검정색이다
거기에 곰방대 꽂혀
피울 담배 없어도
그 곰방대 속 담뱃진 있어
한두 번 빨면
담배는 못되어도
담배 사돈은 되어
그것으로 담배참 때운다

일년 농사가 헛되고 헛된 바
어이 한두 번이리오
그러나 그 헛농사로
지난 세월 보내어도
마음씨 하나 물 위에 뜬 잎새 같다

일제 때 강제공출로 다 걷어갈 때
숨긴 나락 발각나
지서까지 끌려가 매맞고 온 일
엊그제인데
아직껏 이 나이에 피울 담배도 없나
아가 창순아
내년에는 담배모종 좀 꼭 얻어오너라

담배 두어 포기 심어
담배잎사귀 깔고 덮고 자든지 해야겠다

늙은 아우가 마음먹고
갖다 준 새끼염소
그것이 매놓은 자리 풀 다 뜯어먹고
으매애애애 한다
창순이 아버지 그것 옮겨 매놓고 온다

가을이면 담배 대신
재남이네 단풍나무 단풍잎새 비벼
그것으로 담배 대신할 수 있는데
아직 아침저녁 선득거릴 뿐
낮은 아직 여름 끝이었다

산삼 재상

광해군의 신하라
자는 면숙이요
호는 월탄이라

광해군의 어두운 눈앞에 알짱거려
우의정
좌의정까지 높아오르더니
마침내 궁녀의 궁둥이 따라다니며
오대산 산삼 한 뿌리 바치고 나서
마침내
마침내 영의정에 올랐으니
그 위에 오직 한 사람
그 아래로 까마득히 억조창생은 아니나
천만창생 펼쳐졌도다
과연 산삼 정기는 먹지 않고도 뻗쳤도다

그리하여 산삼 재상 한효순 한대감이여
그 아래 이충은
정성껏 술안주 잡채 바치고 바치더니
호조판서에 뛰어올라
그는 잡채 판서 되었다

하기야 이제 때가 무르익어
천민도 뇌물로 군수가 되고말고

현감이 되고말고
눈치 재빠른 종노릇 그만두고
눈치 재빠른 벼슬아치가 되어
이 땅은 뇌물의 천하 크게 번성하도다

큰작은어머니

백두개마을에서
재 두 개 넘어
시집온 큰작은어머니
어느 자리에서나
제집 자랑 없으면 일어나지 않는다

우리집 간장 맛없는 줄 알았더니
볕 한번 쪼였더니
달기가
꿀 저리 가라
조청 저리 가라

그렇지 자랑할 것 없으면
장독대 중항아리 묵은간장
그 자랑이라도 해야지

그렇지만 마음씨 하나 삐꺽 열려 있어
그 집에는
황아장수 끊이는 때 없고
나그네
보따리장수
생선장수
소반장수
짐 부려놓고 사설 늘어놓지 않은 때 없다

날파리도 쉬파리도 초파리도
그 집안에 육장 끓어댄다
세상 떠난 영감 극진히도 생각하여
그 돼지비계 좋아하던 영감 생각
비가 와도 생각하고
봄에 고사리장마 촉촉해도
죽은 지 십년 되는 영감 생각이었다

우리 그 양반 살았으면
저 길이 어찌 저렇게 골져 못 쓰게 되었겠어
당장 길 부역 앞장설 것이여

작은작은어머니

맹식이삼촌댁
작은작은어머니
회현 월하리에서 시집온 작은어머니
삼촌에게는 여섯번째인가
일곱번째 마누라인 작은작은어머니
시집오기 전
삼촌이 고자라
여섯 번이나 이혼했다는 소문 듣고
말리는 사람에 맞서
아니오 고자인가 아닌가
내가 가서 알아보겠어요 하고
보따리 들고 시집왔다
그래서 아들 삼형제
딸 형제
시글덤벙하게 낳아 기르더니
속 안 좋아 늘 끄을끄을하더니
서른살 마흔살 그때는 말 없던 작은어머니
나이 먹으니 입담도 먹었는지
한번 주저앉으면
첫닭 우는 소리 들어도
밤새 이야기 끝날 줄 몰라

작은아버지가
이제 그만 눈 좀 붙이지 하면

나 이야기하며 자고 깨는 것도
영감 모르시오?
하고 깔깔 웃고
하던 이야기 파흥 없다

소래자

해방 뒤 이듬해
미룡국민학교 4학년 담임선생 소래자
익산 소씨 집안 따님인데
주먹코 처녀 선생이나
출석부 가지고
아이들 때리기 일쑤고
어디서 그런 소리 나오는지
아이들 조금만 떠들면
무섭게 소리지른다
그래서 호랑이선생이었다
좀 큰 아이들은
호박갈보라고도 했다

그 소래자 선생 음악시간
풍금소리 반주 뒤에
집오리처럼 입 오므렸다 벌렸다 하며
성문 앞 우물 곁에
서 있는 보리수
노래할 때의
그 그지없는 순결이여
그 티 없는 황홀이여

그 오동통한 하얀 다리 놀려
풍금바닥 발판 바쁘게 밟는 즐거움이여

그 소리 따라
교실 가득히 떠나가는
아이들의 성문 앞 우물 곁에
서 있는 보리수
교실 뒷벽 가득히
붙어 있는 아이들의 그림
그 그림 속 아이들도
서 있는 보리수
서 있는 보리수

중식이 아버지

중식이 아버지 평소에는
시들어가는 고사리같이 순한데
술만 들어갔다 하면 지지벌개가지고
술상 그대로 두지 않고
월떡 뒤집어버린다
그런데 용한 것은
대접 접시 산산이 깨어지지 않고 이만 빠진다

집에 들이닥치자마자
마누라 머리끄덩이 잡고
마당에 휘둘러 자빠뜨린다
손에 닿는 대로
다 던져버린다
농짝 빼다지 빼어
허섭스레기 옷가지째 날려버린다
마당 너절해진다

진작 거울이란 거울 다 깨어져
중식이네 집에는
거울 씨도 없다
어린 중식이 울며불며
그 안중에도
아버지 몰래
식칼과 낫 따위는

564

실퇴 밑 흙구덩이 파
거기에 묻어둔다

이튿날 중식이 아버지
성긴 수염발에
초췌해진 중식이 아버지
언제 내가 그랬더냐는 듯이
눈동자에
아무 기운 들어 있지 않다

중식아 찬물 한 그릇 떠오너라
그 말뿐

양반 나그네

아무리 두메산골이나
나그네 없으랴
나라 잃은 시절 꼭 알맞게
거기 어디 나그네 없으랴

나그네야말로 삼천리 훨훨 안 가는 데 있으랴
그런 나그네 가운데
양반 나그네도 있어
어디서 다리미질을 했는지
제법 빳빳한 두루마기 떨쳐입고
마을에 척 들어선즉
한눈에 부잣집 알아보아
주인을 청하건만

흉한 세월이라
어디 부잣집 인심 방 차려주랴
괜히 사랑채 마루 위 개다리소반 한 상 받고
평시조 읊고 나선다
몇 오락 수염 매만지며
에헴
과객 하나 알아보지 못하는 상것들 같으니라고

요기야 하는 둥 마는 둥 했지만
재 너머 옥정골도 마찬가지인데

상평리 아전 자손한테 가야 마찬가지인데

다만 한 가지 거룩한 것은
금방 죽어도 그 채신머리 하나는 의젓하여
먼 산하고 상종한다

정철

근세 양반 시가의 한 봉우리 송강 정철

그 정철을 이르건대
어린 시절 동궁에 드나들며
태자와 벗하였으나
을사사화에
형은 맞아죽고
아버지는 귀양 가 늙어버리고
어린 시절부터 비바람 그칠 날 없는 신세였다

남녘땅 담양 별뫼에 자리잡고
그 별뫼 앞 시내 이름 따
송강이라 스스로 호 하였다

벼슬길에 올랐다 하면 쫓겨나고
쫓겨났다 하면 또 올랐다
그 비바람 막을 수 없는 신세
어찌 그리 싫어하는 정적이 많고
어찌 그리 술상머리 삿대질 요란했던가
어찌 그리 모함 샀던가
오로지 율곡 하나가 막역할 따름

사대부 놀음 볼만했던 당쟁
동인이 또 남인 북인으로 갈라지는 때

그때 피난길 임금 도왔다
왜란 끝날 무렵
다시 당쟁 치성하여
또 그는 물러났다
이런 부침의 신세와 함께
삼십여 식솔 근근이 목구멍 풀칠 대기에 바빴다

송강의 별곡이여 별곡이여
차라리 너스레 떤 풍월은 비창한 바 숨기고 있나니

죽은 뒤에도 그 비바람 그칠 줄 몰라
관작 삭탈당했다가 사면되었다가
이어 그 관작의 명예 되돌아오기도 한다
2백여년 뒤
숙종 10년에 시호가 내려졌다
그 팔자 사나운 시호 여기 밝히지 않고
그냥 넘어간다

송강 정철 시인이여 그 시호 무엇에 쓰겠나이까

김호규 서모

전실 자식 호규 열다섯살 때
후살이 시집와서
삼사년 살아오는데
그렇게도 미워하던 호규 마음 홱 돌아서
이번에는
호규 열아홉 때
젊은 서모를 사모하게 되었다
큰일났다
아버지 소 풀 뜯기러 나간 뒤
호규 눈에서 불나며
새어머니! 하고
몸집 조그마하고
늘 자늑자늑한 서모를 껴안아버렸다
눈 딱 감고
숨막혀
1분이고
2분이고 씨근덕이는데
호규 서모
그때에야
아서 무슨 짓이여
하고 한마디할 뿐
차츰 얼굴에 열꽃 피어났다

그뒤 아무 일 없는 듯이 살아가는데

말하자면 한 지붕 아래
두 임 섬기고 살아가는데

호규 스무 살 넘어
장가들이려 해도
호규 끝내 장가가지 않겠다고
쇠스랑으로 마당 찍어버렸다

아버지 나 장가 안 가요 안 가

다음해 6·25가 났다
호규 입대하여 돌아오지 않았다
전사통지서밖에

호규 서모 아니 호규 애인 아무 일 없는 듯 살아갔다
어디 사랑할 줄이나 알겠는가 몸 바쳐 슬퍼할 줄이나 알겠는가

칙간 귀신

갠 날도
그 좋은 얼굴 오만상으로 찌푸리는 용길이 어머니
항상 무엇이 그리도 못마땅한지
아침 인사
조반 잡수셨어라오? 하면
뭣이여? 아침 안 먹었으면 느네 집에서 해줄래
하고 머퉁이 준다
그러나 속은 따로
조갯속처럼 보드랍다
곯는 집에 개떡이라도 슬쩍 보낸다

그 용길이 어머니
밤중에 칙간 갔다가
칙간 귀신한테 놀란 용길이 어머니
며칠 뒤부터 앓아누웠다
칙간 귀신한테 놀란 병이라
칙간 지푸라기 이마에 매면 낫는다 해서
그 지푸라기 두르고 앓아누웠다

그러나 죽을 병은 죽을 병이라
생목숨 죽고 말았다
어이없이 죽고 말았다
슬픔도 필요없다
죽고 말았다

572

용길이 아버지 홧술 먹고 나서
칙간에 불질러버리고
칙간 항아리 파내어버리고
거기다 뒷간 황토 파다 채워버렸다

그러고 나서
용길이 어머니 시신 넣은 관 위에 걸터앉아
밤새도록 있다가
산 사람이라 졸음이 와
관 위에 쓰러져 잠들었다

아침이 되어
상여 나갈 때
멍하니 마당구석 서 있다가

빌어먹을 넌 나 두고 무정하게도 떠나버리네

양귀비꽃

서문 밖 후미져버린 골짜기
양귀비밭
붉은 양귀비꽃에
얼굴 화끈대기 십상이라

배앓이하는 처녀 석란이
거기 까질러가
싹 나았다
그 붉은 양귀비꽃으로 힘 얻어
싹 나았다

수컷은 반드시 사람만이 아니다
어떤 처녀는
하늘하고 상관하고
어떤 처녀는
산하고 상관한다

석란이는 양귀비꽃을 서방으로 삼았나보다

거기 자주 가더니
그 양귀비밭 주인한테 걸려
꼼짝달싹 못하고 정조 내주었다
아무도 몰랐다

시집가서 탈없이 잘 살았다
하기야 후미진 데는
쉬이 짐작할 줄 몰라야지

참판 똥

참판 자손이시라나

그 양반 형용 채신 지켜야 하며
행보 한번 정중하시어라

잘생기시지도 못한 얼굴인데
에헴에헴

한번은 군산 다녀오시는 길 거의 다 와서
뒤가 급하셨어라
연이나 행보를 다급히 내디딜 수 없어
그냥 뒤 누시며
바짓가랑이 무거우시며
향내 나시며
아무래도 좀 어기적대며 돌아오셨다

나운리 김백일 양반이 바로 그런 분이시다
그런데 그 양반 부인 한술 더 떠
달밤에 달빛 든다고 뒷간에 가지 않는다
그 달빛 비켜
어두워서야 뒷간에 가 앉으셨다
양반 마님께서야
달빛에도 몸 삼가셔야 하매

고려의 끝

공양왕도 왕인가
그 앞의 창왕도 왕인가
이미 이성계가 나라 흔들고 있는 판이었다
최영 장군 죽여 없애고 거칠 것 없다
이성계는 공양왕 끌고
남경인 한양으로 천도했다
그러나 공양왕 다시 개경으로 돌아왔다
문신 이색은 우물쭈물
이성계에 동조하고
나머지 정몽주 하나
공양왕에게
고려 마지막 안간힘인
신정률 올려
고려 사직 일으키려 하나
한 달 뒤 돌다리 지날 때
정몽주 쇠뭉치 얻어맞고 말았다

이로부터 이성계에게는 적이 없어졌으나
그 핏줄에 적이 생겼다
그는 죽어가며 손 잡을 자식 하나 없었다

권력의 밖은 언 서릿발 찼거니와
권력의 안은 뜨거운 모래바람 불었거니와

원당 김상래

미제 김상래하고
성도 이름도 똑같은
원당리 김상래

그러나 원당 김상래는 딴판이라
불알 두 쪽 달랑거릴 뿐
가랑이로 찬바람 빠져나갈 뿐

어쩌다가 미제 신작로 네거리에서
미제 김상래 만나면
엄지손가락 끝으로
왼 콧구멍 눌러
오른 콧구멍에서 콧물 쏘아낸다
흥!

소달구지 끌다가
소 잃고
달구지 팔고
그냥 깝깝하면 미제 네거리 나오는데

그 겉인사성 좋은 미제 김상래도
원당리 김상래한테는
지레 굳어져
말 한마디 헛쓰지 않는다

무엇하러 나왔어?
한마디가 인사

그러나 벌써 저만치 가버린 원당 김상래
그 뒷모습 당당하다
가진 것 없으나
기죽어보지 않고
이 세상 괜스러이 자랑스럽다

때는 이른 봄 둑새풀 푸릇푸릇
미제 김상래는 논이 세 개나 있어
벌써부터 농사 걱정
못자리할 걱정
큰아이가
나무에서 떨어져
다리가 부러져
자식 걱정 이만저만이 아니다
그러나 술 한잔 못 사먹는 쫌뺑이다

미제 김상래

본시 용둔마을에서
논 홑 천평 부쳐먹고 사는데
군산 대서방 김두수 피난 와서
간지랑나무 목백일홍꽃 얼얼히 피는 그 집
그 건넌방 살다 간 인연으로
김두수가 논 사면 그 논 가꾸고
밭 사면 그 밭 가꾸더니
그길로 불같이 일어나
논 1만2천평이나 되는 부자로다

그러더니
미제 앞 논이 많아져
아예 미제로 이사 가서
기역자 집 한 채
디귿자 집 한 채에
제법 양철대문 달아서
그 대문 열 때마다
방울 달려
딸랑딸랑 소리난다

마당 안에 거위 한 쌍 길러
그 사나운 놈들
어기적거리며 거지 못 오게 한다

모으기만 하고
나오는 일 없으나
곁인사성 밝아
뉘 집 송아지 안부까지 묻는다

가사메 전한배

만경강 하구 짠바람 갯바람
가사메까지 와
더는 오지 않는다
그 가사메 뒷산
꼭 늙은 누에 한 마리로 누워 있는데
거기 해송 솔바람소리에 가면
잠꾸러기 전한배 꼭 늘어지게 자고 있다

말 하나는 늘 다정다감하여
자네 참 오래간만이네그려
자네 춘부장님께서 그간 기체 안녕하신가
어쩌고 양반 행세
아이고 이게 누구신가
자네 신수 훤해지셨네그려

그러나 아무데서나 낮잠 자면
낮모기 뜯기는 것은 물론이거니와
누가 네다리 들어가도 모른다
그 코 고는 소리 있어
비로소 천하태평 거기 있다

한잠 실컷 자고 나
멍청하게 만경강 앞 염전을 바라다보며
아이고 어디 갈 데도 없구나

하고 다시 누워버린다

집에야 멍석에 넌 보리 새가 다 먹어도
서생원이 새끼 데리고 와 먹어도

전익배

전한배 동생 익배
그 사람이야말로
형하고는 달라
열여섯살부터
선제리 방앗간에 들어가
발동기 발동 거는 일로 십년 지나더니

그 방앗간집 주인 세상 떠난 뒤
그 집 딸하고 눈맞아
아예 그 집 사위 되어
방앗간 굴러들어왔다
처남이라고 하나 있어야
니나놋집에만 처박혀 있어
술값 왓댓값만 대주면 되었다

형 한배 나타나 손 벌리면
겉으로는
성님이 어디 사람이오
서리 맞은 구렁이지요
여기 오들 말고 가 잠이나 자시오
하고 고개 돌려
방앗간 가왓줄 엉킨 것 용케 풀어낸다

그러나 어머니 모시고 있는 형은 형인지라

한 달에 보리 댓 말
쌀 한 말
꼭 달구지에 실어다
가사메 어머니하고
형수하고
형의 아이들 줄 물건도 사서 보낸다

형 한배의 봉지담배도 보낸다

정작 익배 자신은 방앗간 먼지 허옇게
뒤집어쓰는 나날
담배도 술도 안 먹는데

어느 어머니

임진왜란 때
몰리고 몰린 백성의 피난 무리 가운데
그 피난 무리 떨어져
혼자 되어
전라도 임실 회문산 기슭
여드레 굶고 헛것이 보이더니
제 품의 젖 떨어져
함께 굶은 어린것이
삶은 중병아리로 헛보여
제가 낳은 것
제가 도로 뜯어먹기 시작했다
팔다리부터 뜯어먹고
몸통 먹고
온통 피범벅 되어
어린 뼈지만
뼈만은 갈비뼈만 씹어먹고
등줄기 뼈는 놓아두었다

하룻밤 지난 뒤 정신 돌아와
제 새끼 목놓아 찾았으나
무슨 등줄기 뼈만 남아 있었다
그리고 손에 손에 핏자국 말라 있었다

그뒤 그 계집 실성하여

이 세상에 대고
날마다 웃으며 떠돌았다
이 세상은
웃을 만한 세상이었다

전상모

선제리 모래뜸 전상모

하얀 모래흙이라
시금치 잘되고
실파 잘되는 모래흙이라
그 모래뜸 상모 아저씨
드넓은 밭에
푸성귀 떨어진 적 없이 푸르러

어디 그 푸르름이 공짜더냐
날마다 똥지게 져다 공들여 이룬
그 푸르름 아니더냐

저녁에 집에 가도
아이들이
코 쥐며
아버지 구린내 똥내 나
해도
똥지게 지고 다녔으니
똥내 나는 게 마땅하지
탱자에 탱자냄새 나는 게 마땅하지

그러나저러나
상모 아저씨 마누라

서방 옷에서 몸에서 똥내 나도
그게 어디 똥내더냐
허구헌 날 밭에서 사는 그 영감에
그 마누라라

지곡리 강칠봉

이것 봐라
이것이 미물하고 한 동아리인 주제
이것이
어럽쇼 천하를 논하는구나

지곡리 뒷산 소나무 그늘 낮에도 침침한데
거기 나뭇지게 뉘어놓고
가로되
앞으로 백년 지나면
뽕나무밭이 바다 될 것이여

부자 가난해지고
저기 저 가난뱅이 박명순이네 집에
고래등 기와집 설 것이여

입담은 척척 눌어붙는데
배운 것이 없어 그게 원수로다
그럴 바에야
김제 금산사 밑으로 가서
고수부 제자한테
그 무엇 좀
그 무슨 후천개벽 좀 배우고 오면 될 텐데

나무하느라 갈 수 있는가

나무도
산주인 눈 피하여
도둑나무하느라
어디 갈 수 있는가

눈 하나 형형하니
나무하다가
갑자기 낫으로 땅 찍고
내가 이놈의 나무나 하고
풀이나 깎고
밤에 빈대나 실컷 물리고

과연 천하 논할 만하건만

전대복이

옥정골 전대복이 신세 안 진 사람 없다
물난리 나면
업어서 물 건네주고
병나면
서문 밖 침쟁이 달려가 불러오고
군산 가서
큰장 보아오는데
그 장짐 받아오고

늙은 총각이라
장가갈 생각 아예 없다
늘 중의 한쪽 걷어올리고
맨발로 험한 데 잘도 오르내린다

겨울에나 헌 짚신 신건만
맨발이기는 마찬가지다
그래도 워낙 두꺼운 살갗이라
맨발이 버선발이요 신발이라

말술 마시고도
취한 적 없는 대복이
부잣집 지붕 이다가 떨어져도
아무렇지 않은 듯
다시 지붕 오르는 대복이

그러나 그 마음속 깊이 얼마나
얼음 들고 멍들었을까
아무도 모르게 뒷간에 앉아
얼마나 진한 울음 똥이 되어 나왔을까 나오다 말았을까

우하룡

옥정골 우하룡
하도 뻔뻔스러워
논밭뙈기 없이
산에
제 어미 묻을 땅조각 없이
오로지 이 세상 뻔뻔스러움 하나로
그 힘 하나로 버팅겨 살아가나니
암 그래야지

어제 돈 꾼 집에
오늘 또 돈 꾸러 가는 하룡이
옥정골이나
재 너머 이웃마을 어디나
하룡이한테 돈 떼어먹히지 않은 사람 없다

그래도 말솜씨 뻔드르르하여
대여섯 살 아래인 상철이한테도
상철이 성님
상철이 성님 하고 간을 내보인다

실컷 하룡이 그놈 죽일 놈 하고
욕하고 오는 길인데
그 하룡이 보면
머쓱해져

어 하룡인가 하고 맞장구쳐야 한다

남의 집 큰제사 있는 날
숫제 그 집 동생이나 뭣이나 되는 듯이
멀리 친정에 온 그 집 딸더러
누님 누님 하고
말도 붙이며
제수 차리고 남은 것
신새벽에 배 채우고 또 배 채울 것 얻어간다

이런 사람이 나라 망하고
백성 망할 때도 살아남아서
우리 자자손손 이어내려오고 있지 않은가
암 그래야지
그러나 인두겁으로 어찌 뻔뻔스럽기만 해서야

말례

옛날 사랑하던 사람이 알고 보니 호랑이였다 한다
옛날이야기에는
산중에서 길 잃은 나그네가
하룻밤 잠 재워달라고 사정사정해
들어간 집
그 집 미인이
알고 보니 백년 묵은 여우였다 한다
치마 밑으로 꼬리 끝이 나와서
여우가 둔갑해
미인으로 된 것을 알았다 한다
그래서 오밤중에 줄행랑을 놓았다 한다
문풍지 으스스 우니는 밤
이런 옛이야기에 등골 서늘 바람 든다

옥정골 말례
이목구비 또렷하여
밤에 불 밝힌 듯 환한 말례
그런데 그 시악시 팔다리 징그러워
수북수북 털 덮여 징그러워

동네 아낙들
저 짐승 누가 데려가누
저 둔갑한 여운지 호랑이인지 누가 데려가누

그러나 옥정골 너머 서문 밖 총각
제 동네 일은 맞추지 않아도
꼭 옥정골 일은
아무리 급히 맞추러 와도 고개 끄덕여
다음날 넘어온다
알고 보니 바로 털북숭이 말례 못 잊어
고자 처갓집 오듯 오는 것이다
먼발치로라도 말례 물 길러 나오는 것 보려고
옥정골로 일하러 온 것이다
끝내 말례 할아버지
말례 아버지 눈에 팍 들어
털북숭이 말례 남편 되고지고

이제 옥정골 올 때는 품팔러 오지 않고
처갓집 씨암탉 먹으러 온다
장인어른하고 맞담배질이야 못해도
함께 주거니 받거니
술 한 말 너끈히 먹으러 온다
그런 때는 으레 말례도 함께 온다

하이고 저 짐승도 짝 있어
사람 노릇 하네
언제까지 사람 노릇이고
언제 여우로 돌아가누

언제 암팡진 암놈 호랑이로 돌아가누
이런 소리로 말례를 샘내며
우물에 두레박 던져 넣어도
물 담겨지지 않아
몇번이고 되풀이 던진다

카네무라 카네마쯔

1940년 우리 동네도 창씨개명이 들이닥쳐
어제의 김가들이
카네무라
카네마쯔
카네다가 되고 말았다
어제의 박가가
키무라가 되고 말았다
어제의 고가가
타까바야시
타까무라가 되고 말았다

그러나 이건
이광수가
이름 간 것하고 다르다
최린이가
성 간 것하고 다르다

조선에서는 가장 지독한 저주가
성을 가는 일인데
이런 땅에서
너도나도
해반주그레
타나까요
요시무라 되고 말았다

우리 동네에서
성 갈지 않은 자
이름 갈지 않은 자 없다
개도 카네무라네 개는
카네무라였다

그러나 언제나 우리는
이가였다
문가였다
장가였다
무엇 하나 달라지지 않았다
조선총독 미나미 지로오란 자만
제 꾀에 제가 속았다
제 술에 제가 취해버렸다
창씨개명이
모든 것을 바꿀 수 있다고 생각한 지략
그 지략이야말로 어리석음이었다

조선땅 조선놈들
개가 되어서라도
성을 바꿔서라도 살아남았다
그것 하나 왜놈의 세월 40년을 이겨냈다
다른 것은 다 지고 나서

문행렬이 아저씨

갈메 문행렬이 아저씨는
개사 3리에서
들 건너 이사 와
송아지 데리고 와
그 송아지 황소가 되었는데
벌써 갈메 아낙네들
행렬이 양반
행렬이 양반
하고 마구 불러대기 일쑤였다

편지 읽을 때
구성지게 창 부르듯 청승 넣어 읽어 내려가고
신문 읽을 때
어려운 한문 뛰어넘기며
시조하듯 읽어 내려가며
그 구성진 소리 듣는 일로 때 가는 줄 모른다

밤마다 아낙네 모인 집에서
이야기책 읽어달라 하면

이때에 장화가 옷고름으로 눈물바람 찍어내며
이렇게 읽어 내려간다
방 안에서는 어느새 훌쩍이는 소리 나고
한숨 연거푸 새어나오고 한다

마침내 장화홍련전 다 읽고 나면
아이고
아이고
하고 아낙네들
낮의 고된 일 다 잊고
널뛰던 처녀시절로 돌아가
눈두덩이 불그데데해진다

그렇게 구성지게 읽어주고 나면
행렬이 아저씨는
담배 한 쌈지도 받고
막걸리 석 잔에
두부 한 모 나오는 대접 받기도 한다

별로 먹는 것 없어도
몸집은 어찌 그리 뚱뚱한지
어깻죽지 넓적하다
어느새 아낙네들 이야기 속의 슬픔 바꿔
아따 행렬이 양반하고 자다가는
어느 계집도 납작 눌려
마른 박대가자미 될 것이여 으흐흐흐흐

그런 소리 들으나마나

행렬이 마누라 집으로 돌아와
하다가 만 일
어린 호박잎 껍질 벗긴다
잠 달아났다
혼잣말로
오사할 년들
제 서방 흉이나 보지
남의 서방 어쩌고?
오사할 년들

김도술

미제 김도술이
허우대 아까워라
그가 가는 데마다
깔짝깔짝 시비 붙여
싸움 일어난다

그가 가는 데마다
의좋던 사이
이간 붙여
난데없이 싸움 일어난다

어쩌면 이런 일도 더러 있어야 하지 않는가
너무 좋기만 해도
세상 맛이 아닌지라

아무 일도 없는데
그가 가면
무슨 일 일어난다
사내들 하던 일 작파하고 돌아간다

그러나 잘된 일은
제가 나서서 된 일이라 하고
원당리 다리 놓은 것도
제가 면장한테 말해서

놓아준 것이라 한다

이런 도술이 하도 넌더리나서
상종하지 않자
집에 처박혀
마누라한테
장모 죽으면
논 몇 마지기 타올 것이냐고
죽지도 않은 장모 죽기를 바란다

그러다가 미제 김재운이하고
원당 홍현식이하고 이간질한 것이
도술이 짓인 줄 알자
그 두 사람이 달려와
다짜고짜 도술이 멱살 잡고 끌고 가
미제 사거리에 냅다 꿇어앉혀
작신작신 밟아대며
어서 또 이간질해보아
어서 한 주둥이로
두말 세말 해보아

그래도 도술이 끄떡없다
그저 사람 죽어 사람 죽어 할 뿐이다

누구 하나 도술이 편들어주지 않는데
그래도 마누라는 마누라로다
대뜸 쫓아나와
이러지들 말어
하고 서방 감싸안았다
그러니 재운이나 현식이
아무리 분 다 못 풀어도
여자를 밟아댈 수는 없지 않은가

못된 인간 같으니라고
하고 한마디 내던지고
현식이
나 그만 가네
재운이
또 보세

김덕구 마누라

갓난아기 때 누가 눌러주었나
얼굴이 제대로 되지 않고
나올 데 꺼졌다
콧잔등도 꺼져서
숨을 쉬는지 못 쉬는지 모른다
그러나 입 하나 좋다
입심 하나 좋다
김덕구 마누라

하나둘 솥단지하고 이불하고 싸가지고
저 북간도 가는 시절
진작 거기 갔다가
얼어죽는 것보다
굶어죽는 것이 낫다고
도로 온 사람이
김덕구다

북간도 용정 가서
남의 집 고용살이하다가 온 김덕구
그 김덕구 마누라
만주서 왔다 해서
만주댁
만주사람이라 불렀다

어찌나 그리 수다 열일곱 말인지
마음씨 하나는 쓸 만한데
어찌 그리 수다 떨어
그 무던한 마음씨 탕감해버리는지
아 글쎄 말이여
하고 입 열면
한나절 후딱 간다

그래서 동네 앓아누운 할망구 푸접으로
그만이라고
그 만주댁 덕구 마누라 불러다
굳은 백설기 내놓으면
그것 먹으며
갖가지 수다 다 쏟아내니
병든 사람
심심풀이되다가
나중에는 진력이 나
병 하나 더 앓게 생겼다고 물리친다

집에서도
밤중에 소리소리 질러대며 매맞는데
그 까닭이 무엇인고 하면
덕구 마누라 수다에
덕구가 보다 보다 못해

두들겨패는 것이다

실컷 서방의 매 맞고도
그놈의 입은 닫힐 줄 몰라
나가서
입술 터진 데 핏자국 씻어내며
어둠 절벽보고
뭐라고 뭐라고 입 놀리고 있다

인 명 찾 아 보 기

* ○ 안 숫자는 권 표시

만인보 4·5·6

초판 1쇄 발행/1988년 11월 10일
개정판 1쇄 발행/2010년 4월 15일
개정판 4쇄 발행/2017년 5월 31일

지은이/고은
펴낸이/강일우
책임편집/박신규 박문수
펴낸곳/(주)창비
등록/1986년 8월 5일 제85호
주소/10881 경기도 파주시 회동길 184
전화/031-955-3333
팩시밀리/영업 031-955-3399 · 편집 031-955-3400
홈페이지/www.changbi.com
전자우편/lit@changbi.com

ⓒ 고은 2010
ISBN 978-89-364-2844-0 03810
      978-89-364-2895-2 (전11권)